KUWEI

酷威文化

图书 影视

琉璃棺

ガラスの結晶

[日] **渡边淳一** ◎ 著

郑世凤 ◎ 译

青岛出版社

QINGDAO PUBLISHING HOUSE

目 录

浮冰之原

一

当律子乘坐的汽车进入千岁地界的时候，雾色陡然浓重了起来。从律子的老家札幌出发是在傍晚的七点，那时候尚在黄昏之初，天还微微亮着。之后大约过了有一个小时。虽说五月末的时令昼已渐长，但毕竟时近八点，天已黑透。

不知这雾是从哪一带冒出来的，感觉好像是从弯道很多的惠庭周边开始的，但是又没有那么明确。起初雾似乎只在光线中游动，而如今仿佛从周围紧箍过来，逼得越来越近了。汽车周围好像完全被封闭在了浓雾当中。这种感觉好讨厌啊，律子心想。

对面车辆朦胧的灯光渐渐靠近，一团轮廓由小变大继而驶过。雨刷拼命擦拭着落在车窗上化作水滴的雾，可是那雾却像不断涌现一样遮住了去路。

"飞机能飞吗？"

"照这个架势也许会晚点儿飞。"

司机爱搭不理地回答道。律子要赶晚上八点半飞往东京的航班。

"还有多久能到？"

"穿过千岁马上就到了。"

汽车驶进了市里。雾中的千岁街头鸦雀无声，只有霓虹灯亮着的饮食街上偶尔有个人影。

"这样的大雾天气经常有吗？"

"从现在到六月中旬经常会有。"

"是吗？"

想来，自己在初夏回到北海道还是头一次。加上这次，她也不过回来过三次而已。十年三次，确实有些少，律子漠然想道。

左右两边的建筑物不见了，原野再次铺展开去。

出门时，札幌晴空万里。这天气的骤变让人感到不可思议。

"因为从太平洋岸的苫小牧到这一带，陆地上没有一座山啊。"

"从海那边……"

"是的，这是海雾呀。"

律子定睛凝视着黑魆魆的窗外："白天没有这样吗？"

"一般是入夜以后。"

订一个早一点儿的航班就好了。但是，包含守夜在内，自己在老家住了不过三个晚上。丈夫只在葬礼上露了露脸，很快就回去了。附近的亲戚都还没走。女儿在父亲快要去世时才赶回来，第四天就返家确实稍稍有点儿早。包括兄长在内的兄妹三人说还要再住上个四五天。如今虽说是回娘家后的第四天，却只是葬礼结束的第二天而已，坐晚上的航班回去已经很勉强了。

话虽如此，这雾又算什么呢？是对母亲让自己再住几天的要求不管不顾的惩罚吗？或许是死去的父亲的怨恨吧。丈夫说过不必着急，也没有孩子，不必非要心急火燎地赶回去。可是，律子却莫名地心神不宁。也有父亲去世的缘故吧，内心没有着落。她已经跟丈夫联系过了，说今晚回去。

右手边出现一个明亮的大光圈。虽然灯光和建筑都不是很清楚，但是那光圈却越来越大。毫无疑问，那里是机场大楼。汽车离开国道，驶入机场大楼，入口处的大玻璃门浮现在亮光中。

律子右手提着白色的旅行箱，左手拎着装满家乡特产的行李袋，下了出租车。刚一下车，外套的肩头就被雾水濡湿了。

大楼里面温暖明亮，或许是一路走来的黑暗更加凸显了这里的辉煌。本来以为自己来得挺早，谁知候机厅里已经人满为患。律子径直走向办理登机卡的服务台。

"请问514号航班会按时起飞吗？"

"非常抱歉，514号航班因为雾太深，预计会晚点好一会儿。”

律子把行李递给她，只留了手提包在手里。

“大约需要等多久？”

“这种情况下，飞机无法着陆。从东京折返的飞机还没有起飞呢。我想可能会延迟两个小时左右吧。”

律子看了看表，八点零五分了。

“非常抱歉，我们会根据天气状况，随时通知您航班的情况。”

交到柜台那边的两件行李已经被传送带送走了。

律子轻装返回了候机厅。候机厅里几乎所有的人都在盯着通知天气预报和航班延迟情况的屏幕，也有人从检票口凝视着被浓雾深锁的机场。律子在靠近通道的座位上坐了下来。

延迟两小时的话，那么就是十点半出发了，到达羽田机场要十二点了，再到世田谷大后方自己的家里，就得凌晨一点。还是不应该来啊，律子感到后悔。再住一晚上，明天早上走也好啊。做出今天晚上回家的决定是在昨天白天，是边看丧葬仪式边下定的决心。并没有什么特别的理由，想回去的念头简直像雾一样突然罩住了律子。做出这样的决定，律子本人也甚是惊讶。而现在，她心想着，需要事先给在家等候的丈夫打个电话。

因为飞机大幅迟延，用电话的人很多。大家都在传达同一个主旨——到东京会晚一些。前面两个人打完电话之后，律子拿起了话筒。电话接线员的声音响过之后，等了一会儿，再次响起了同一个声音："不好意思，怎么打也没人接。"

"……没人接？"

"是的，好像不在家。"

律子一放下电话，排在后面的人便马上拿了起来。丈夫难道不在家吗？自己要回去这事儿昨天已经发电报给他了，即便昨天太晚没有看到，今天早上也应该看到了。

丈夫利辅是一家中流商社的专务董事。他虽然酒喝得不多，却挺喜欢喝酒的气氛，一有个宴会什么的，就时常接近十二点才回家。"现在才八点。也许他觉得反正自己回去得十一点左右，便在银座一类的地方闲逛了吧。"律子离开公用电话处时想。她知道自己脸色苍白，也许是旅途疲惫所致。之前坐过的座位已经被别人占去了。她倚靠在一家商店的墙壁上，隔着透明的玻璃看向外面。光线照射的地方，能看到雾在游动。

"这不是槙村小姐吗？"

听到有人打招呼，律子抬起了头。一位肩膀敦厚、身材结实的男士站在眼前。律子边辨认男子边点了点头。槙村是律子的娘家姓。

"我是冈富。"

抬眼的瞬间律子就意识到了，没错，是冈富伸哉。冈富十年前的容颜在律子的脑海里浮现。那时候，律子二十三岁，冈富比自己年长四岁。这样算，他现在应该是三十七岁了。

"好久不见啊。"

一确定是律子，冈富的语气马上亲近了起来。他虽然眼角添了一点儿皱纹，体格更加魁伟了，但是那毫不讲究的发型和端庄挺拔的鼻梁，都还是十年前的老样子。

"你这是要去哪里？"

"我要回东京。"

"我也是。"

"你也是坐 514 号航班吗？"

"是啊，可惜因大雾飞不了。"

冈富将视线投向机场。他凝视远方时的眼神，总是温柔与残酷交织，让律子时至今日依然记忆犹新。那时候也是如此，律子脑海里十年前的记忆慵懒地苏醒过来。

"离起飞还早，去喝杯茶吧。"

冈富率先迈步前行。

餐厅有些拥堵，前来接机的人们和航班晚点的人们都在这里打发时间。到札幌开车需要花费一个小时的时间，所以来接机的人也没法回去。两人在狭长的餐厅前面的包厢里坐下，从那里能看到浓雾深重的机场。

"真是巧啊。"

喝咖啡前，冈富将杯子微微上举，做了个干杯的动作。律子也学他举起了杯子。

"这次回来是干吗呢？"

"我父亲没了。"

"去世了？"

"胃癌。他知道自己不行了。"

律子赶回来的时候，父亲还活着，在断气前三十分钟，意识还一直清醒。"这次恐怕是不行了。"他这样说道。直到最后还意识清晰正是这个病的可怕之处啊，律子想。

"那么现在是回东京哪里？"

"世田谷。"

律子不想再多说了。她觉得自己无须多言了。

"你呢？"

因为对方询问，自己也礼貌地回问两句而已。律子努力让自己对此深信不疑。表面上虽然装作漠不关心的样子，可实际上内心却十分关注。

"我在北大。"

冈富递过来一张名片，工学部副教授。"如果当时忠实于自己的内心接受他的话，也许现在自己已经是这个男人的妻子了。"律子交互凝视着冈富和名片想。

"孩子呢？"

她没有问他的婚姻状况，突然问起了孩子。

"一个孩子。你呢？"

"我没有。"

律子想起了和自己相差十二岁的丈夫。

"没有吗？但是结婚了吧？我听八木桥同学说过。"

又想起了一个老同学的名字。

"听说你嫁得不错。"

冈富的话仿佛在一点一点揭开过去的面纱。

"你太太呢？"

本来想说一定是位美丽聪慧的女子吧，话到嘴边又咽了回去。

"我娶了宫川裕子的妹妹。"

"宫川裕子同学？"

"是的，叫幸子，比姐姐小两岁。"

律子倒吸了一口气：不知道，没想到，怎么可能！

"是真的吗？"

又一段瘆人的记忆复苏了。

"今年我们俩去了趟网走。"

"网……走……"

"是的……今年满十年了。"

"十年。"律子自言自语道。记忆像波浪一样哗哗地流回律子的脑海。

"时间过得真快啊。"

律子一边听着冈富的声音，一边看着玻璃窗外。玻璃的对面，映现出一间同样明亮的餐厅。两人这样坐在一起实在太不可思议了。她知道冈富正注视着自己。

"今年也有浮冰来了。"

律子咬着嘴唇，苍白的面孔拼命支撑着。她不知道男人想要说些什么。她的脑海里清楚地浮现出如洗的碧空，清晰地传来刺耳的金属声。那片蓝天是网走的冬日晴空，那声音似乎是裕子的尖叫。十年了，律子想。

二

律子和宫川裕子一起去网走是在十年前的二月初。

是裕子提议去网走的。两人是札幌 K 专科大学的同年级的同学。毕业后，裕子说要学习做家务便留在了家里，律子则去了札幌支店的一个商社上班。

网走二月初有浮冰节，据说是模仿札幌的雪节而设，用冰雕代替雪雕矗立。

"听说去年，加奈她们去过了，说是很漂亮的。"

"很冷吧？"

"没问题的啦。我说，咱俩去看看吧？"

裕子是那种一旦起意便要干到底的主儿。

律子在脑海中描绘着浮冰移近铅色的鄂霍次克海的光景。

从札幌到网走，坐夜车需要八个小时。律子请了周六的假，在周五的晚上，同裕子搭伴坐上了火车。

"我们就要进军比札幌还冷的地方啦！"裕子穿着苏格兰花呢外套，把自己包得严严实实；律子也是全副武装，穿着阿斯特拉罕羔皮斗篷。

"其实想一想的话，两个女人一起旅行挺无聊的哈。"入睡之前，裕子看着窗外逐渐消失的光线说道。

"无拘无束的，挺好的啊。"

"但是，网走那样的地方可是没有好男人的呀。"

"那么，要带谁过去呢？"

"也是，没有谁可带啊……干脆带个越狱犯怎么样？"

"你说什么呢！"

"和那个男人一起逃到最北端呀。"

白色高领衫上面，露出一张可爱的圆脸，眼睛大得出奇。这就是冈富喜爱的那张脸啊，律子心想。

同冈富是在大学文化节，去工学院售卖晚会券的时候认识的。那时冈富是研究生院的研究生。一年之后，律子把冈富介绍给了裕子。

在那之前，冈富和律子已经约会多次。律子在心里想象过和冈富结婚的情景，冈富貌似也怀有同样的心思。

律子对冈富的态度有所怀疑是在两人相识两年后的六月初。在约好见面的日子，冈富却没有出现，律子去他的宿舍也不见人。一周之后，律子看到冈富和裕子走在一起。亲眼看到反而让律子丧失了责问冈富的气力。

律子一面回避着冈富，一面却又在暗暗等着他。可是，冈富什么也没跟她解释。他被裕子吸引，裕子似乎也并不讨厌他。朋友这样告诉律子。

"睡吧。"卧铺车在第一站停下后，律子说。

"我还不困呢。"

"我可要睡了。"

律子留下站在走廊里的裕子，上了卧铺。一想到冈富，她就没有心思单独跟裕子相处了。

网走的冬天晴空万里，几乎没有雪，却天寒地冻、奇寒透骨。

两人到了宾馆，休息了一会儿就上街了。中央大街上冰雕林立，有威压众人之势。从海兽到牛若丸、孙悟空，以及电视里的人气角色，冰雕的形象各式各样，五花八门。每一个都不愧是切自鄂霍次克海的苍茫海冰，清澄透彻。两人从不同的角度拍了很多照片。

因为是周六，白天冰雕周围参观者众多，热闹非凡。即便到了下午受到日光照射，冰雕也没有融化的迹象，依然屹立。明明是大白天，气温却在冰点以下。一说话，两人嘴角便直冒白气。

在宾馆吃了一顿较晚的午餐，休息了片刻之后，傍晚，两人便出门看海去了。

暗弱的冬阳业已西倾，将海滨对面的斜里岳的雪点缀得淡抹薄彩。

所有船只都已经离海上岸，形状各异的冰块涌占了大片海滨区域。覆盖着海湾一带的冰块呈白色带状，突进海洋，前端便是被染成浓郁碧色的鄂霍次克海。

海边稀稀拉拉地分布着渔民矮小的住房和渔船，后方是白雪皑皑的原野，直通到斜里岳的山麓。

"这个上面可以站吗？"一位老爷子正在海边拆解破船，劈开船板做柴火用，裕子指着远处的冰块向他请教道。

"是你要站吗？"

老爷子直溜溜地盯着两个城市风格的女孩。

"嗯，没问题吧？"

两人对视了一眼，笑了。

"竖起来的冰块很危险哟。"

"那种圆圆的应该没问题吧？"

"莲形冰没问题的喽。"

正如老爷子所讲，防潮堤的一角，一片片圆形的、莲花形的冰块密集地挤在一起。冰也有各种各样的形状。

"为什么会变成那样的形状呢？"

"涌上海岸的时候，冰块和冰块之间互相碰撞，角就被磨掉了，变得圆溜溜的。"

老爷子重新戴了戴手套，又拿起了斧头。

走到近处看时，发现莲形冰和从远处看时大相径庭。大的直径有两三米，中央部位比较薄，宛如菩萨的莲花台座。台座上残留着清晨的降雪，雪厚近五厘米。

"好可怕啊。"

"没事的啦！"裕子将手挂在防潮堤的一边，脚尖开始慢慢地落到离自己最近的莲形冰上，"咚咚"地踩了几脚，冰块纹丝不动，"很厚呢！"

接着，律子也下来了。虽然感觉微微有些摇晃，但似乎并不是很肯定。

"哎，我们往海里走走吧。"

莲形冰和莲形冰之间的裂缝，宽的地方也不过二十厘米左右，女人的腿脚也能很轻易地跨越过去。有些薄冰铺展的地方，还能从中窥到苍茫大海的容颜。两人走了一阵子便习惯了，恐惧之心渐次退去，站在海上的感觉心旷神怡。

灯台周围的浮冰上，有两三个人影。走近一看，发现是几个孩子。他们正乘着莲形冰，用一根大约两米长的竹竿撑着附近的冰块，使自己乘坐的冰块往前移动。

"能动得了吗？"

裕子问。孩子们十分惊奇地瞅了瞅两人。

"让我试试吧。"

裕子跳到孩子旁边的莲形冰上，借了他们用来移动的竹竿。

"嗨哟喂。"

随着一声吆喝，裕子乘坐的冰块微微动了一下。

"动了啊，你试一下吧。"

裕子像个孩子一样欢呼雀跃。裕子站的冰块和孩子的冰块之间，苍茫的龟裂变宽了。

"好有趣啊！"

撑着竹竿的裕子上身前屈、站立不稳的样子让律子忍俊不禁。

冰带从灯台继续往百米之外的前方延展开去。两人把竹竿还给孩子们以后，继续往前，走到了接近中间的位置。孩子们的身影越来越小了。

"我要拍个照。"

一开始，裕子以斜里岳为背景站在冰上，灯台的影子一直伸到裕子所在的冰块前方。四点之后，气温骤然下降。裕子拉紧了外套的衣领，衣领中间露出她那张被寒风冻僵的小脸。接着，换作给律子拍照。两人互相给对方拍了六张照片。

冬日的大海波澜不惊，白茫茫的世界悄然无声，只远远地听到冰原前方，隐隐有海浪声。

"没有人了啊。"

只有大海和冰块，律子心想。

"喂，我们来喊自己喜欢的人的名字吧。"突然，裕子提议道。

"在这里吗？"

"是呀，面向大海说呀。"

律子搞不明白裕子心里在打什么算盘。

"一、二、三之后一起喊，好吧？"

两个人站在相邻的冰块上。

"那么，一、二、三！"

裕子先开始了。律子闭上了双眼，冈富的容颜在脑海中掠过。

"冈富前辈——"裕子轻舒四肢，双手围到嘴边，对着大海大声喊道。那尖细的高音逐渐被周围的寒气吸尽。

"你太狡猾了！"

声音在冬日的天空里消失后，裕子转过头来，笑了："估计你不会说，我就替你说出来了。说中了吧？"

"什么嘛……"

律子有些遗憾，可能的话，律子也想喊。

"惩罚你啦！"

裕子依然很开心地笑着。律子垂下了眼帘，眼前是苍茫的龟裂。

"不过，冈富前辈真能来的话就好玩了。"说完，裕子缩起了脖子，"不过，他那么怕冷，不行吧？"

"……"

"年纪轻轻，居然从十一月份就开始穿秋裤了呢。"

"秋裤……"

"是的，白色法兰绒的。真让人幻想破灭呢，我这样说过他的。结果他说不穿了，立马就脱下来了呢。"

裕子和冈富之间连这样的事情都在谈啊。律子对站在冰上的裕子的那张娃娃脸产生了一种憎恶感。

不知何时，刚才还在玩浮冰的孩子们已经不见踪影，拆船劈薪的老爷子也无影无踪。落霞从海上逼近，周围寂静得让律子不寒而栗。

"喂，我们回去吧？"

"好，就那么办吧。"裕子用指尖撑着莲形冰的一端，依然蹲在那里答道。

"好冷啊！"

"海上变黑了啊。"

裕子站起来往后看了看。身材苗条的她身上裹着的绿色外套也因为光线变暗，看上去黑乎乎的。两人开始在冰块上走了起来。

"到了晚上，冰雕被灯光一照，肯定会很漂亮的。"

"大概会像宝石那么美吧。"律子走在前头说。

两人都将手插在了衣兜里。

"喂，有没有听到声音？"

裕子的声音从后面传来。

"是什么声音呢？"

律子也竖起了耳朵。"咯吱咯吱"，有轻微的什么东西正在紧紧收拢的声音传来。在札幌寒冷彻骨的夜晚，站在门口也曾听到过这种声音。

"冰开始收闭起来了啊。"

"整个大海就要冻结成一整块了啊。"

"好可怕！"

律子再一次看了看白冰前面的那片黢黑的大海。海天接近一色了。

"浮冰是从海上来的吧？"

"听说是呈白色的带状过来的呢。"

"好想看它往这儿来的时候。"

两人又在冰上走了起来。裕子还是走在后面。前面已经收船了的海滨处，能看见一些人家，烟囱里正有袅袅炊烟升起。

"来了真好啊！"裕子说道。

律子正在考虑冈富。也许有一天，裕子和冈富会一起再来吧。虽是一念之间的想法，却又觉得这个想法确凿无疑。

"听说今晚在冰雕前面的街上，有化装游行呢。"

"是吗？"

"能看到地方特色呢。"

离防潮堤还有一百米。空气极干极冷，万籁俱寂，冬日夜景在两人面前静止不动。

"好安静啊。"

这是律子听到的、可以清晰地辨别出来的裕子最后的声音。

"啊！"

突然一个尖锐的声音贯穿了冬日的夜空，接着一个东西落进水里的声音直贯进律子的耳朵。

转过头去的一瞬间，律子看到的是莲形冰和莲形冰之间，正被苍茫海水吸进去的裕子抽搐的脸，和在半空中挣扎的衣袖前端露出来的细细的手。

"小裕！"

律子的位置与裕子落下去的莲形冰之间隔着两块冰块。当律子踏上那块冰的时候，裕子的手还留在她落下去的莲形冰块的边缘上，头发宛如海草一般漂在海面上。

律子握紧了那只手，刺骨的寒冷直穿至律子的后背。

律子的手和裕子的手好像就要冻在一起了。往上拉她的时候，裕子在冰水里拼命挣扎，律子很怕会被反拉进去。第二次拉她上来的时候，律子忽然没了力气。一放开手，裕子的脸就在眼前沉了下去，头发在摇曳。下一个瞬间，裕子全身悄无声息地被吞噬进了海里。

当律子回过神来时，漆黑苍茫的大海已经寂静无声，仿佛什么都没有发生过一样。只在裕子落水的位置，有一顶茶色的贝雷帽在漂。

"有人吗？……"

律子看向海滨。海滨的景色跟之前一模一样。律子感觉毛骨悚然——周围已然只剩下自己一人。律子不知道自己是怎样从莲形冰上走出来的。在连爬带滚地登上防潮堤之后，她总算回头眺望了一眼裕子沉落的地点周围，感觉冰块之间似有苍茫的海水在摇曳，可那或许只是一种错觉。

在停泊着渔船的海边岩石的前方，有一些人家。从律子所站的防潮堤到那边大约有三百米的距离。

裕子要死了。

跑出防潮堤的时候，律子第一次有了这种实感。至于从那里到那些人家的那段路，为什么要走着去，连律子自己都搞不明白。她清楚地记得脑海中一直在想着要赶快才行，明明反复提醒自己很多次，可事实上，整个人却非常冷静，气定神清。

律子的体内似乎潜居着另外一个律子。

当附近的渔民赶到的时候，夕阳已经仅剩一点儿残光，冰原被染成了朱砂色。鄂霍次克海已然是黑沉沉的一片，仅仅斜晖照射处还有点儿余光。

沉落下去的身体要想浮起来，位置即使偏离少许也会被冰块卡住头部，封在冰下。因此，男人们配合着用竹竿摁住莲形冰。

把滑落处的冰块往右边拨开，在那个地方，看到了发梢。

"找到啦！"

男人们挂上绳子，联手将人救了起来。裕子像美人鱼一样，从苍茫的大海中浮了上来。

"不要紧吗？"

"冻僵了啊。"

"给她脱掉衣服！"

大衣被脱下来了，紧紧的、收腰的皮腰带被摘下来了，和上衣配套的裙裤被扒下来了，白色的毛衣被脱下来了。裕子早上精心穿上的衣服被一件一件按照正好相反的顺序取掉了。衣服被脱掉之后，用毛毯裹起来的裕子的脸上全无血色，像冰雕一样苍白。

"不行了啊。"

赶过来的医生只看了裕子的脸一眼，便下了结论。即使非专业人员也能马上看出来，她的瞳孔已经不再反射光，眼睛如同冻住了一般紧紧地闭着。

"再稍微早一点儿就好了。"

"但是，就这么个冷劲儿，恐怕一落进去就没救了吧？"

"毕竟还年轻啊，早一点儿的话，说不定还能救。"

律子站在人群后方，隐隐约约地听着这些谈论。她对"裕子死了"这件事没有任何实感，内心似乎被一种接下来吃完晚饭，重新化个妆去看冰雕的心情迷惑。"准备好了！"似乎裕子马上就会这样喊着自己出门似的。

一个奇妙的夜晚。裕子的尸体被收敛入棺，放到了医院的安置间。律子没有信心待在裕子身旁，回宾馆休息了。当然，她无法入睡。宾馆的女服务员从多方面费心安慰律子，房间里彻夜点着火炉。深夜，木制的宾馆咯吱作响，那是天凝地闭的严寒使木材干裂的声音。

"明后天，也许又会有浮冰来呢。"

宾馆的女服务员一边往炉子里添加柴火一边说道。律子躺在床上，想起了埋在莲形冰里的大海。

第二天黎明，裕子的父母和哥哥从札幌乘车赶了过来。听着拾级而上的脚步声，律子头脑清醒地琢磨道：对自己的审判就要开始了。

三

大雾并没有放晴的迹象。岂止没有，反而更加浓郁起来。红绿灯标识浮在半空中，模模糊糊的景象提醒人们浓雾深重。

"513 号航班因为千岁地区天气不好不能起飞，尚在东京待机中，请您再等一会儿。"机场广播传达着这样的内容。

周围的人们发出失望的轻叹声。

"照这个样子下去，还不知道要等到什么时候呢。"

冈富看了看手表，时间已经过了八点半。服务员又来添了水。丈夫有没有回家呢？律子想起了丈夫一个人待着的家里。

"听说今年的浮冰来得特别早，二月初就开始出现了。一般都是二月份过半以后才开始有的。"

裕子死的那年，当地人也是这么说的。如此说来，是不是浮冰每十年一个轮回，来得比一般年份早呢？

"她死的时候你也去了，对吧？我那个时候情绪失控，什么都不知道。"

这个男人在海边张皇失措了吧。律子对把男人吸引到了鄂霍次克海的裕子心生嫉妒。

"这次住了一宿，得以碰上了第二天新的浮冰到来。"

裕子死后的第二天也是那样的。律子一个人在海边看到了那个景象。熠熠生辉的朝阳中，寒风呼啸。

从知床半岛到宗谷海峡前方，海面被浮冰埋得密不透风。因为是来自遥远的国度，当地的人称之为"舶来冰"。

"好想看它往这儿来的时候。"裕子说过。裕子的死是在说过那句话之后的几分钟里。

"浮冰来的时候，之前的波浪声就会戛然而止，简直像死亡岛一样鸦雀无声。就看到远处，一条笔直的白色冰带来了。"

冈富把手横倒，以示海面。

"你知道，浮冰来的时候，海底就会低鸣。那是冰下面的海水随着冰群的碰触声振动而发出来的声音，简直就像上面的冰和下面的海水都在哭泣一样。"

律子很想堵住耳朵不听了，不由得想起了和裕子在一起时的那段夜景。无论她怎样拼命压制，那些情景都喷涌而出，重返脑海。

"这次我去了之后，考虑了很多事情。"

冈富点上了一支烟。

"很多？"

"是的，关于裕子为什么会有那样的遭遇。"

"……"

"因为至今为止，我还是觉得这个事情难以置信。"

冈富想要说什么呢？律子紧张地摆好了架势。冈富弹落烟灰，沉默着。

"什么难以置信呢？"律子催促道。

"那时候，难道裕子真的救不了了吗？"

"难道你想说，她本来是能救得了的吗？"

"当然，如果能在她从冰上滑落之前就阻止她是最好的了。但是，也许那是办不到的。"

"冈富知道那时候只有我和裕子两人在场，目击者只有我一个人。难道他是在怀疑我吗？"律子想着，呼吸急促了。

"我问过当地人，说水温是在零下一两度，所以……"

"所以？"

律子抬起眼睛，冈富眼神困惑地盯着烟头。

"再稍微早一点儿施救的话，也许她就能得救了。"

律子清晰地听到了自己的心跳声，暗暗担心那声音也传到了冈富耳朵里。

"我们去的那天，有个孩子也滑进去了。"

"从莲形冰上吗？"

"是的，尽管学校反复强调在冰上玩很危险。"

"后来呢？那个孩子……"

"得救了。"

"曾一度沉进水里了吗？"

"当然是那样的，不过好像是在五六分钟后拽上来的。"

"……"

"一般落下去的人都会因为海水冰冷，引起心脏麻痹而死。不过，只要快速拽上来，好像也能得救。"

"难道冈富知道我在去找人的路上，曾经停住过并走着去的吗？他是知道而想要责怪我吗？不可能知道啊！"律子尽管这么想着，却依然没能抬起头来。

"至少在十分钟以内也许是可以得救的。"

"十分钟……"

从防潮堤到渔民家里的那条冻硬的白色道路在律子的脑海里醒过来了。寒风在耳边呼啸，她慢慢地在那上面走着。那是她体内的另外一个自己下达的命令。为何呢？律子问过自己。无论是在宾馆的床上，还是在裕子的葬礼上，她都考虑过。考虑了无数遍，却没有找到答案。并非是不明白。虽然明白，却害怕给出答案。律子觉察到自己的体内，还栖居着另外一个自己。

"但是……"

“是的，没有那么凑巧的事儿了……”

律子那张脸是发红的，后背却在发冷，身体被分成了阴阳两个部分。旁边座位上的两个人站起来离开了，取而代之的是一位年轻的女性，头发湿漉漉的。

她不由得想起了被大海吞噬的裕子的脸，裕子冰凉的手紧紧握在自己手里的感觉回来了。浮冰到来时的大海的低鸣声让律子震撼。冈富是真的知道吗？不，不可能知道的。律子再次叮嘱自己说。

广播的声音响了起来。

“原定八点十分到达，迟到了两个小时的，从东京飞往札幌的 513 号航班如今已从东京起飞，让大家久等了。如果进展顺利的话，预计再有一个小时飞机就可以到达了。”

“啊——”餐厅里一片欢呼声。是雾气稍稍停了一些吗？律子看了看玻璃窗对面，却没有感觉出很大的变化。

“活着的人就会随心所欲地各种想象啊。”

冈富第一次笑了。这笑容显得他的脸特别年轻。但是，律子却不由得觉得对那张笑脸也不能掉以轻心。

“我在那附近给她放下了花束。”

“……”

“今年那里的冰结得满满的。我在冰上撬开了一个洞，把花放进了海里。"

律子轻轻喘息。死去了十年，还能让男人怀恋的裕子让她嫉妒。还有，这个波澜不惊地谈论这件事的男人让她感觉可恨。

"我也想过要去一趟的，可是……"

"太远了啊……不过，那里的冬天真的很美。"

曾经多次想过要去的，然而实际上却打不起精神去。这种心情至今没有改变。害怕去到那里，好像去了那里，裕子就会朝自己招手一样。悄无声息的冬日大海，让律子深为恐惧。

"我们走吧。"

律子像要逃跑一样站起身来。

四

不只是等候室，连通道上都是人满为患。有人反复到接待台处找航空公司的工作人员咨询。明明看看报告运行情况的屏幕、听听广播的播报，就能得知一样的结果，可是有的客人却像是不逮住工作人员质问上半天就过不去似的。人群中能看到工作人员无奈的神情。

律子和冈富并肩而走。用旧式的说法，那就是身高一米七五多的冈富和身高不满一米五七的律子体格相差悬殊。也许在别人看来就是一对吧——大块头的丈夫和小巧玲珑的妻子。

"为什么我现在会和冈富走在一起呢？"律子心想。十年前，律子曾经梦想过这种状态的。两人一起从机场出发，那时候是多么期盼能够这样啊。可是如今的感觉，与其说是喜悦，不如说是痛苦。他们彼此都有自己的另一半。也许是因为冈富谈起了裕子，感觉和十年前截然不同。然而，那时候对冈富的依恋至今还像渣滓一样残存在律子的身体里。

即便如此，感觉痛苦到底是怎么回事儿呢？痛苦的话离开就好了啊，可是自己却无意离开。律子明白自己在摇摆。

冈富把包放在地板上，点上了一支烟。

"我去打个电话。"律子想一个人待一会儿。

电话那里与刚到的时候不同，现在很空。负责电话的女士拿着听筒等了一会儿说："好像是不在。"

"谢谢啦。"律子特意明快地说道，然后看了看表，十点了。十点的话，他应该还没有回来。律子内心表示接受这个结果，没有信心立即返回冈富那里。

往娘家打个电话看看吧。律子再次拿起了听筒。

"几点到的？"母亲接了电话问道。

"没有啦，还在千岁呢。"

"千岁？怎么了？"

"大雾，飞机没法起飞呢。"

"可真是进退两难啊，今晚就别走了吧。"

"但是，好像很快就会起飞的样子啊。"

"能行吗？不要勉强啊。"

"如果走不了的话，我会回去的，也许会很晚。"

"就那么办吧，大家都还在。"

"明天走就好了。"

"是啊，谁让你自己非要走的呢。"

但是，能遇到冈富啊，律子对自己说道。遇到他是好事，还是坏事呢？律子自己也搞不明白。

挂断电话之后，律子去了洗手间，在镜子前补了个妆。疲惫已经显露在脸上。擦掉口红，重新薄薄地涂抹了一层，抚摸了一下脸颊。曾经在少女时代尖尖的脸蛋在年过三十之后开始略略圆润了；洁白的肌肤上，一双杏眼流转；鼻梁不算高，却恰到好处地微微挺立着。

"你的脸看不出年纪啊。"丈夫曾经说过。是那样的吗？律子再一次凝视着镜子里的自己。虽然每天都会看很多次，但是对这张脸依然感觉有些陌生。自己的容貌大概是这样的吧，内心仅仅是大致有点儿数而已，一旦有什么需要，却很难把具体部位详细地回忆起来。好奇怪啊，律子想。每看一次都感觉容貌在变化，每一天都不同，每时每刻也不同。律子似乎有无数张模样不一的脸。那些脸有时候诚实，有时候虚伪。从正面端正地与之相对时，那就是一张恭谦的人妻之脸。也许冈富就是看着这张脸，察觉到了所有的一切吧。律子瞬间倒吸了一口气。

十点之后，大厅的特产店开始打烊了。特产店一放下拉门，锁上锁，通道便瞬间变得寂寥了。只有候机室的小店还是开着的。

冈富就站在小店前面的柱子旁边，后背轻轻靠在柱子上，目视前方。前面是一群等得焦心的人们，一排排地坐在椅子上。周围空气似已静止，律子往他那里走了几步后站住了，然后走向入口处。自动门一开，眼前便是浓浓的雾气。

平时在入口正面能看到的停车场也看不到了，只有等着载客的出租车和定时到达的机场大巴在机场大楼的灯光中落下黑乎乎的影子。律子想就此走进雾里，在雾里走一走的话，也许自己的假面就能摘掉，另一个自己就会出现吧。律子闭上了眼睛，知道自己的身体在雾中颤抖。

"你在这里啊。"身后传来冈富的声音，将律子唤醒了，"不冷吗？"

"不冷。"

许是大雾未动的缘故，律子感觉不到寒冷。她好像能听到上空微小的爆炸声，又好像只是听错了而已。

"雾这么浓，飞机也许还是无法降落啊。"冈富抬头看了看天，说道。

"为什么现在会有这么大的雾呢？"

"地理位置的原因吧。这一带离太平洋沿岸很近，对吧。这时节的海水就跟冬天一样冷，来自南方的温暖气流一流进那里，就会让这里变暖。上空变暖，离海面较近的地方会形成寒冷的空气层，出现所谓的逆转现象，大量的海雾大概就是这样产生的吧。"

"每天都会这样吗？"

"也并不是每天的啦。"

"那还会有放晴的时候吗？"

"当然会晴啦。如果不晴，我们可是要一直待在这里啦。"

站在大雾中，律子感觉那雾像是要持续到永远一样。

"到了清晨，肯定会放晴的啊。"

"一直到清晨……"

一想到就要这样被锁在雾里，律子的心情就很低落。远处的灯光不时地在移动，既有从左往右移动的，也有从右往左移动的。

"那是汽车的灯光吗？"

"是的，机场前方是国道。"

灯光的间歇中有鸣笛声传来，也许是在互相示意缓慢行驶。律子的外套和冈富的雨衣都从肩头开始濡湿了。真是不可思议的景象，律子心想。

"家里的媳妇一直想见你呢。"

"你太太？"

律子感觉自己再次被拉回到往事中去了。

"嗯，去网走的时候也说起你。"

"说我？"

"你们以前一起玩过吧？"

"没有。"

"那么，也许是因为一见到你就会想起她姐姐吧。"

"裕子同学。"

"嗯，因为你和她是好朋友嘛。"

"……"

"冈富这次又要说什么呢？还会那般试探我吗？"律子紧紧地咬着嘴唇，注视着眼前的黑暗。

"很怀念吧？"

"已经过去十年了。"

"是啊，不过那样的死法，也许反而让人无法忘怀呢。"

"请不要再说了！"

律子忽然说出了一句连自己都未曾想过的硬话。

"怎么了？"

冈富吃惊地转过头来。律子的眼前是男人宽厚的肩膀，这和胖乎乎的丈夫的溜肩截然不同。

"希望不要再谈裕子同学的事儿了。"

律子直盯着冈富说道。

"有什么想问的你就明明白白地问好了，我又没做什么亏心事。那时候我是放开了那只手，走了，即使一直握着也拽不上来。无论是走还是跑，结果都是一样的。即使有人看到过我是走着的，事到如今也不会成为我的罪过，至少没有被你冈富说三道四的道理。"律子想，嘴角微微颤抖着。她痛恨冈富总是在不停地在谈裕子，也生气自己和冈富只有通过裕子才能关联到一起。

两人都沉默不语了。国道上行驶的汽车的车灯正在慢慢地向右方移动。浓雾中有人说着话出现了，是穿着蓝色制服的机场工作人员。律子的内心逐渐激愤起来，仿佛看到了蔚蓝的大海。

"男人和女人分开十年之久，便没有共同话题了啊。"

冈富像辩解一样说道。

律子凝视着机场前面红绿相间的航空标识。那标识明明静止不动，却又像在咕噜咕噜地转动着一样。

"在那之后，我跟你求婚，你为什么不肯接受？"

冈富低声问道。

律子一边听着男人的声音，一边想象自己现在的表情。是一张哭脸呢，还是一张笑脸呢？自己也不清楚。

"你……"

"如果裕子没有死的话，你会和她结婚吧？"律子想说这个。可是，好像话一说出来，自己就会变得很凄惨，自己的真实内心就会全部被看透似的。

"已经是很久以前的事儿了。"

既然裕子的死已经是很久以前的事儿了，这事儿就更应该算是旧事了。律子想这样表达。她不由得觉得男人真是任性自我，而被他的任性牵着鼻子走的自己也确实可悲。

大厅那边人声鼎沸，广播声响起：

"自东京起飞的513号航班延迟两个小时飞到了千岁上空，可是因为可视度太低，无法着陆，刚刚重新折返东京。让您百忙之中久等，我们表示真诚的歉意。从现在开始，机场工作人员将指引您到机场柜台做航班调整以及后续工作的处理，请您再稍稍等一下。"

广播播放了两遍上述内容后，停下了。

"果然还是飞不了啊。"

冈富一改刚才的神情，冷静地回头看了看大厅。

"要到明天早上才能出发吗？"

正面的表已过十一点。

"总而言之，我先去问一下。"

冈富大步走向柜台。大厅里人们的反应更加激烈了，有人担心地小声嘀咕，有人大声地倾诉着不满。

今晚是回不去了。

一想到这一点，律子又想起了丈夫。电话那边又一次混杂起来。要不要打电话呢？律子犹豫不决，感觉即使打过去，他也不会在。如果不在的话，还不如从一开始就不打的好。丈夫从来没有在外面过过夜，再晚也会在十二点或是凌晨一点前赶回来，今天可能也会这样吧。犹豫再三，最终还是来打电话了。是因为心里爱着丈夫吗？律子自己也搞不明白。不过只要和他在一起便能安心了，只要听听他的声音就行了。

律子眼睛盯着手握话筒的接线员，一分钟过去了。

"那边接了，您请吧。"

接线的女人面无表情地递过来听筒，丈夫的声音马上响了起来。

"雾太大了，飞机没法起飞。"

"那可太不容易了。"

丈夫用他一向慢吞吞的口气答道。

"我会坐明天早上的航班回去，其他就拜托你了。"

"知道了，小心点儿。"

电话就此挂断了，无趣得很。看来自己一直在惦记着丈夫的行为，似乎很蠢啊。冈富回来了。

"听说明天早上六点会发一班替代的航班，好像拿着今天票的人都被安排坐那个航班。"

"是六点吗？"

"虽然有点儿早，但是有些人是必须要早走才行吧。"

从大厅放眼看过去，柜台那边人头攒动。

"说是一会儿就会发大巴，好像要把人们安排到千岁的旅馆去。当然，也可以返回札幌。不过，现在回去的话，实在太晚了。"

冈富看着出票口的表说道。有五六个客人从两人的跟前走过，嘴里不满地嘟囔着。从一开始就知道不能飞的话，早就回到札幌了，结果在机场白白浪费了四个小时。

"你准备怎么办？"冈富问道，眼神中恢复了柔情。

"你呢？"

即使现在返回札幌，也必须要明天凌晨四点半从那边出发才行，没有时间慢慢休息。

眼前浮现出众人聚集的客厅。律子分外清醒地想起了昨天是父亲的葬礼。

"要不要去千岁住一宿？"

冈富问道。律子像看亲人一样回视了他一眼，冈富茶褐色的眼睛在燃火。

"即使现在赶回去，也只是徒增疲劳而已吧。"

人们纷纷朝着出口移动。见此情景，律子点了点头。

机场出口停着两辆大巴。前一辆供去千岁住宿的乘客乘坐，后面那辆供去札幌的客人乘坐。

"航空公司给协调的宾馆好像是大房间，改成别的宾馆吧？"

律子盯着大雾中明晃晃的大巴。

"请等一下。"

冈富再次返回机场大楼。去往千岁的人巴很快满员了，而去往札幌的巴士却依然空着。

"订上了别的宾馆。"冈富返回来说道。

"行李就那么放着没事吧？"

律子回头看了看机场大楼。原本拥挤不堪的大楼里人数骤减，忽然间变得十分空旷了。两个原本开着的店也开始打烊了，剩下的五六个客人站在柜台前热聊着。

"打车走吧。"

冈富让律子在前，两人随后上了出租车。

"还有没有去千岁的乘客？"大巴的司机喊道。

出租车马上开动了，从机场到千岁市区乘车大约十分钟的路程。汽车很快上了国道。回头一望，机场大楼如同发光的珍珠一般留在浓雾中，渐行渐远。

"今天真惨啊。"冈富看着前方说道。

"还是不行吗？"司机问道。

"最近总是这样吗？"

"昨天总算飞起来了，不过前天就没能飞。"

"真愁人啊。"

"今晚的雾好像特别厉害呀。"

"明天会放晴吧？"律子叮问道。

"当然会放晴啦，一到早晨就晴了。"司机笑道。

"没问题的啦。"冈富安慰似的说道。

许是对路况十分熟悉的缘故，司机一路开车疾奔。一束细小的光线接近，继而变大了，消失了。汽车往右转弯。冈富抱着胳膊，肘部碰到了律子的胳膊。雨刷的声音单调地持续着。这是跑到哪里了？律子完全没有概念。和冈富同宿在律子看来像是很久之前就定下来的事情一样。

到红灯处才明白那是道口。从那里右拐马上就进入了街区，路灯亮着，却不见人影，左右两边貌似都是一排排两层以下的矮建筑。

"是去'荣家'对吧？"

"是的。"

对司机的问话，冈富心不在焉地回答了一句。

车在明亮的十字路口往右一拐，到二丁目处停了下来。冈富下车了，律子也下车了。眼前是一座三层的钢筋建筑，正面挂着"荣家宾馆"的招牌。街上万籁俱寂，只有前面隔了三家店的写有"拉面"二字的灯笼还亮着。两人下车后，汽车留下引擎的声音，消失在雾气中。

"累了吧？"

冈富问道。律子摇了摇头。宾馆的正门被一块帘子盖住了一半。打开门，里面走出来一位穿着睡衣的女服务员。

服务员领着他们来到二楼一个有十个榻榻米大的房间，朝向壁龛方向铺着两套寝具。

“给您点上炉子吧？”服务员问道。

“好啊。”

寒冷的空气滞留在榻榻米间。

“明早您要早起吗？”

“要坐六点的飞机，所以请在五点半叫醒我们吧。然后麻烦给找辆车。”

“早饭呢？”

“不需要。”

“是因为大雾没能走成吗？”

“是的。”

“太不容易了。”

女服务员只说了这么一句，便离开了。

“衣服脱了吧。”

只剩下两人时，冈富说道。律子脱掉外套，挂到了衣架上，回头一看，冈富就站在眼前。这么近距离地看这个男人还是第一次。

“没想到事情会这样啊。”

冈富看着墙壁说道。律子的眼前，是冈富西阵织①质地的

———————————

①西阵织，日本国宝级的传统织物的名字。

茶色领带。律子从男人的背后看到了幸子，看到了裕子。

"正好有十年了啊。"

律子看着冈富的喉咙，点了点头。看惯了丈夫圆圆的脑袋，律子觉得男人尖耸的喉结格外突出。丈夫睡了吗？律子想。他总是习惯于穿着睡衣，喝上一杯营养酒，然后在床上读读晚报，基本上都是读着读着就如同精力耗尽一般入睡了。四平八稳、司空见惯的夫妻生活。

只有他在等着我，那份自信今天也得以确认。丈夫已经回家了这点，让律子充满勇气。

"尽情怀疑吧，震撼不了我的。"

突然间，律子产生了一种好像化身成一个殉教者的心境。那种想法给她带来一种甜甜的、强烈的快感。不是律子的律子出动了。十年前也是……律子心想。

"你在怀疑吗？"

"怀疑？怀疑什么？"

"裕子同学的事儿。"

系着翠竹色小花纹的佐贺锦缎带子的律子，双手下垂，毫不设防地挺立在那里。冈富仿佛看什么不可思议的东西一样盯着律子，然后缓缓地、用确认似的口气问道：

"发生……什么事情了吗？"

"你刚才……"

"我？"

"没有啦！"

一瞬间，律子如同把忍耐已久的物件抛却一样，将脸埋到了冈富的胸口。律子的后背感觉到了男人双臂的力量。

在律子的心里，胶卷重新回到了十年前。咯吱作响、天寒地冻中的夜景，被黑色的大海和白色的雪山夹住的港湾，延伸的白色冰带，落到深而透亮的海水中的裕子抽搐的脸，在半空中乱抓的手……那一切都宛如真实的景象一般，在眼前鲜活地苏醒了。

"抱我！"

像是要从裕子的叫声中逃跑似的，律子紧紧地抱住冈富。冈富也回应她似的，更强劲有力地抱紧了她。另外那个律子开始独立狂奔了。

拥吻中，律子感到体内关于裕子的记忆慢慢消失了，取而代之的是身体在一点点被填满，直至被彻底填满。那是这十年以来，一直在等待的那个被满足的瞬间。那一刻，律子不知是长还是短。只一次，彻底满足就够了。满足了，就会忘掉裕子，律子想。

五

醒来时，律子躺在冈富的臂弯里。拉门外面传来一个声音。那声音在睡梦中渐次变大。

"客人您好，到时间了。客人您好……"

压低着嗓音，重复了很多遍。

"谢谢了。"

律子在冈富的怀里答道。头部前方的窗帘处，光线明亮。环顾了一圈之后，律子才想起来，这里是千岁宾馆里的一个房间。

雾散了吗？律子从冈富的臂弯中钻出来，合上贴身穿的衣服，起身向窗外看去。街灯依然亮着，街上的雾气却一直在动。火炉里的柴火还未烧完就灭了，律子瑟瑟发抖地穿起衣服来。

系完衣带时，冈富醒了。

"几点了？"

"已经五点多了。"

"没注意啊。"

冈富起身看了看窗外。

"这下没问题了。"

"嗯，没问题的。"

律子十分快活地答道。冈富洗完脸时，车来了。五点半。所有街道上的雾气都在流动着，仿佛坏人在一溜烟儿地逃走一样。

昨晚前方一片黢黑的原野上，出现了机场大楼。两辆大巴停在大楼旁边。

聚在一起的乘客都似曾相识。大家都是在大楼里一起等了四个小时的同志，有人在打着哈欠，也有人双眼充血。大家都是大雾的受害者。

律子面前是冈富的脸。昨夜曾经恐惧又憎恶的脸变成了一张平凡而温柔的脸。

昨天晚上，自己看见了什么呢？律子看着玻璃前方明亮的机场，心里想着。空旷的机场上方，雾气也在向上升起。

昨晚和今天，感觉相距甚远，就连自己是从昨晚来到了今天这一点，都不太真实。

广播播报要出登机牌了，人们都站起来到大厅中央排队。从昨天晚上算起，隔了十个小时的出牌开始了。等待已久的飞机机身上的雾气正在上升。要回东京了，律子内心忽然雀跃起来。

"到了那边也能见面吗？"

冈富一面和她并排前行一面问道。五月的晨风轻抚脸颊，律子站住了，用手将头发往后面拢去。

"过了明天我就有空了。"

"我不知道呢。"

律子是真的不知道。她没有信心约定未来的事儿，就连昨天晚上曾经有过大雾这件事，都感觉不像是真实发生的一样。

"昨天晚上，我所不知道的另外一个我出现了。而且，十年前的鄂霍次克海上，也曾经出现过。"律子这样对自己说道。冈富一边继续往前走，一边等着她的回答。

"哎，今天天气真的好晴朗啊！这样的天气，都能看到十和田和松岛呢！"

说着，律子向着雾后放晴的天空挺直了腰背，抬脚走向飞机的舷梯。

手臂上的伤

一

K物产总务部部长加地俊介初识品子，是在四谷的一家叫作"万世"的料理店。

"万世"的火锅颇负盛名，店内大大小小有近三十个单间。

品子便是那里的服务员。

大约从两年前开始，加地公司有个什么接待或者洽谈，都会选用"万世"。不过不知为何，直到那天之前，他都从未有缘见过品子。

和品子初逢是在十月末。那天，加地和从静冈来的大学时代的好友千野隆行结伴去了"万世"。两人在学生时代曾经在同一个公寓比邻而住。他们虽然在同一所大学读书，不过所学专业并不相同。加地读的是经管专业，千野却就读于医学院。毕业后，加地直接进了现在的K物产上班，而千野从医学院出来便进了母校的外科医务室。三年前，他在老家静冈开了一家外科医院。两人同为一九二六年生人，今年四十四岁。

当天，在"万世"的单间里，一开始来取点菜单的是一名叫作秋子的服务员。她和加地比较熟。

"要点儿什么呢？"

"嗯，天稍稍有点儿冷了啊。"

千野环顾了四个半榻榻米大的房间一周，展开了菜单。

"店里正好进来一批新鲜鲑鱼，推荐给您。"

"是吗？那就要个鲑鱼吧，可以吗？"

"啊，行啊。"

放下菜单，千野点上了一支烟。

"您要喝点儿什么？"

"当然是清酒啦。"

"您要的是石狩火锅和清酒，对吧？"

秋子确认了一遍菜单之后，走出了房间。

十分钟后，捧着酒壶和火锅进来的是另一个女人。紫色的碎白点花纹布，配上胭脂红的带子，穿的是该店的制服，却不知是否是底色苍白的缘故，女人瘦削的容颜看上去不只是白，而是煞白。

"请。"

女人像照搬教科书一样，默默地调整好坐姿，提起了酒壶。

"那边。"

加地指了指千野的方向。袖口里露出女人又白又细的手腕，令人神往。单看那双手，很难让人相信这是一双会劳作的活人的手。

她转而给加地倒酒了，表情生硬。一双杏眼的眼角细长，柳眉淡淡如轻描过，鼻翼清瘦如削，薄唇冷然。似乎有二十五六岁的年纪，却又让人整体感觉有点儿朦胧，印象不甚清晰。

千野一直在聊有关老朋友的消息，加地一边点头一边偷窥女人的脸。

不知是否觉察到他在看自己，女人面无表情地将火锅放到了煤气上，悄然无声地打开了火。火苗熊熊舔舐着锅底。调整好火苗的大小之后，女人起身站了起来。

然后她前前后后出入了房间两三次，送来了往火锅里放的拼盘和小碟子，又拿来了追加的酒。

每次她一出门，加地就坐立不安，担心后面进来的是别的女人。门一开，他的心便提到了嗓子眼儿；一看还是前面那个女人，那颗心才落下来。这真是少有的怪事了。加地自己也错愕不已。

当拼盘大约有一半已下锅，只等着锅里的水煮沸时，女人再一次给两人添了酒。除了"欢迎光临""请"，还没有听她多说过一句话。酒刚刚倒完，加地问道：

"你叫什么名字啊？"

女人抬起眼，略带探寻地看了看加地，说道："pin 子。"

"pin 子，是品川①的品吗？"

女人点了点头，是那种沉沉欲睡的单眼皮眼睛。

"从什么时候开始在这里上班的？"

"今年八月份开始。"

八九月份时，自己可是没少来这里，基本上是一周来一次的节奏。频繁来时没有遇见，隔了好久抛却工作来休闲时反而遇见了，感觉有点儿不可思议。

"你不喝一杯吗？"

备用杯子递过来时，女人才像刚刚醒悟过来一般向这边看过来。

"我？"

"是啊，你酒量不小吧？"

"哪里……"

品子的说法像在肯定又像在否定。

"来吧！"

加地把酒壶递到眼前，品子似乎无可奈何地端起了酒杯。土色的杯子架在她细细的手指间。杯子倒得满满的，女人却气

---

① 品川，即品川区（しながわ，Shinagawa-ku），西望富士山，东凭东京湾，是东京的海关区。2003 年建设而成的 JR 东海道新干线品川新站，使品川成了东京圈铁路交通网络的核心之一。

定神闲。在两个男人的注视中，她轻轻将朱唇送到杯子沿儿，然后分两次把酒喝光了。

"请。"

酒杯还给了加地。

"这不是喝得很好嘛。"

品子没有答话，又给加地倒上了一杯。

满满一大杯酒喝进去，女人的脸依然惨白得毫无血色。

"你是东京人吗？"

"不是。"

女人从煮沸的锅里捞出鲑鱼和蔬菜，放到小碟子里。

"那么是哪里的？"

"北海道。"

"原来如此。"

加地一开始便有这种感觉，皮肤雪白这一点不像是南方人；也猜测过或许是东北人，可是又感觉不像秋田和新潟的女人那样圆润丰盈。品子肌肤雪白如糯米却又白得通透，爱搭不理十分冷淡的样子也让人想到是东北人。不过，女人这样的态度总有一点儿破罐子破摔的味道。并非北海道的女人都是这样，总感觉品子有点儿非同寻常。

"什么时候来东京的？"

"两三年前。"

女人一边拨动筷子，一边事不关己似的冷冷答道。

"之前在别处上班吗？"

"嗯，是的。"

女人了然无趣地转过了脸。

加地却被一种想要更多地了解她的冲动驱使着，继续问道："在这个店里有没有看到过我？"

"不知道呢……"

女人快速扫视了加地一眼。不知是否是单眼皮的缘故，抬眼时，神情越发无精打采。

"请。"

倒完酒，女人拿着空了的酒壶站了起来，显露出中等偏瘦的身材。

"好像是你喜欢的类型啊。"门关上后，千野调皮地看着加地说。

"不知道这里还有这样的女孩呢。"

"你好像又犯病了啊。"

"那倒没有。"

加地一面否认，一面在想：女人睡着的时候会是怎样的神态呢？

二

　　加地和品子第二次相逢是在一周后的十一月初。台风刚过，夜月当空，微有残风。

　　是夜，加地一个人去了"万世"，喊来了品子。

　　"还真是怪事呢！"秋子不无讥讽地说道。

　　"有点儿事想问问那个女孩。"

　　"您还是实话实说吧，是喜欢她对吧？"

　　"谁知道呢？"

　　"装糊涂也没用呢！"

　　年过四十的秋子，已经看穿了一切。

　　"话说回来，那个女孩是单身吗？"

　　"终于坦白了吧！好像是呢！"

　　"看上去不像是有什么男人的迹象吧？"

　　"不太清楚，偶尔会有个电话打过来，不过具体情况我不了解。"

　　"有没有和那个女孩关系比较好的？"

　　"有吗？那个女孩不太爱说话，好像也没有和她关系比较好的人吧。"

　　"是吗？"

"您那么在意的话，就直接问她本人好了。"

"问她大概也不会说吧，看着很老实的样子。"

"是吗？现在这个时代的女人光看外表可是很难说的。您还是尽量注意点儿吧。"

秋子留下话站起身时，加地拉住她，往她手里塞了一千日元。

"保密啊，拜托。"

秋子轻轻笑了笑，瞅了他一眼，马上又像突然想起来什么似的，问道："啊，对啦，您要点什么吃的呢？"

"哦，这个啊……"

"一来就跟我说些太有趣的话，给您点菜的事儿都差点儿给忘了。"

"这家伙，自己老糊涂还怪罪别人！"

"反正我就是一个糊涂老婆婆了呗。来个海鲜锅之类的？"

"火锅也有一人份的吗？"

"当然有了。因为有的客人是一个人光临嘛。"

"就像我一样？"

"可不一样，人家都是冲着美食来的。"

"明白啦，明白啦！"

斗嘴可斗不过秋子。不过，怎么说一个人拿个筷子往锅里点点戳戳都是索然无趣的。

"今天就不要火锅了。"

"那么，就给您弄点儿蒸的吃？"

"是啊，那你看着办吧，差不多凑合点儿就行。"

"好的，知道啦。"

秋子又一次忍着笑看了一眼加地，走出门去。

屋里只剩下加地一个人了。他又开始琢磨起品子来。此前加地的出轨对象都是酒吧女子，从未和料理店的女人有过男女关系。从一开始他脑子里就有一个固执的偏见：在料理店里上班的，都是一些在酒吧干完之后上了年纪的老女人。这个想法大致没错。但是，凝神留心的话，就会发现其中不乏出乎意料的瑰宝。倘若顽固不化地全盘否定，就会遗漏这样的好颜色。差一点儿，品子也要错过了。不过也真是的，都开始打起料理店女人的主意了。真是醉得发狂啊，加地一个人留在四个半榻榻米大的房间里，边看墙壁边想。

品子十分钟之后出现了。

"让您久等了。"

不知秋子是怎么嘱托的，品子这样寒暄道。脸上的肌肤依然煞白，没有生气。

品子关上拉门，将饭菜摆到桌子上。秋季时令的杂蒸什锦、烤芋头串，还有筒煮枪乌贼。摆放完毕，倒上酒之后，品子的工作就干完了。加地慢慢呷了一口酒。

"您今晚是一个人吗？"

"是的，喝一杯吧？"

品子顺从地接过杯子，用两只手捧着。

"是不是在别的地方喝了啊？"

"您看出来了？"

"眼圈有点儿发红。"

"说了不能喝的，非逼着我连续喝了三杯。"

品子从领口取出手帕，轻轻压了压眼角。

"真不好办呢。"

"也行吧，不要紧啊。"

听她说着，加地感觉有些嫉妒强迫品子喝酒的男人了。

"这个我就不喝了。"

"就喝一杯吧，喝完了还给我。"

品子瞬间露出迷惑的神情，不过很快就像转念想通了一样，一饮而尽。比起之前的那个晚上，品子似乎有些柔和了。正因为点的不是火锅料理，添完酒后她就闲来无事了。在这一点上，加地也是一样。

"今天晚上人多吗？"

"嗯，稍微有点儿。"

"秋子都说了些什么？"

品子轻轻抬起眼来："您有什么事儿来着？"

"嗯，想单独和你说说话。"

加地单刀直入地切入了话题。男人和女人，最终要做的事情都是固定的。年轻的时候，还要考虑什么气氛、爱情，在那些麻烦的事情上空花费些气力。现如今，这样的经过实在太烦琐。将时间花费在类似前戏一样的事情上，还不如从一开始就谈谈条件，条件合适就行了。只要彼此性情相投，氛围也好，爱情也好，之后都会自然而然地随之而来。这些年，加地一直是这样的做法。

"店里几点关门？"

"十点半。"

"那之后能马上出来吗？"

品子点了点头。

"家住哪里？"

"在中野那边。"

"是吗？"用筷子拨弄着什锦蔬菜里面的白果，加地像心血来潮一样，说道，"今晚见面吧。"

"哎？"

声音虽然十分惊讶，脸上的表情却不见变化。

"可以吧？"

加地叮问道。品子盯着他的眼睛，点了点头。

"十一点左右，怎么样？"加地一口气穷追猛打，"你知道什么地方？"

"什么地方都不太知道。"

"新宿如何？"

"一点点。"

品子的说法没啥底气。

"这附近有没有可以会合的地方？"

"酒吧的话，出门拐角有。"

"叫什么名？"

"ODEIRU。"

"好，那就十一点在那里会合。"加地看了看表，现在是九点半。

会面时间已经约好，再久待亦无用。相约见面之后，两个人待在一起反而感觉不自在了。

加地把杯中冷却的酒喝干了。

"那么我回去了。"

"还有酒呢。"

"不要了。"

因加地站起了身，品子也跟着站了起来。品子在一米七五的加地面前，只及他的肩部而已。

"十一点，记住了吧？"

在门槛处，加地又叮嘱了一遍。品子默默地回视他。

"把这个……"

加地的声音里含着"收起来"的意思。他把折叠起来的一万日元塞到品子手里，给她合上拳头。品子摊开手指，又看了一眼手里的钱。

"那么……"说完，加地走向走廊。品子一言不发地跟在他的身后。

"您这就要走啊？！"

老板娘从柜台里跑了出来。

"发生了什么不合您意的事情吗？"

"没有没有，不是那样的啦。因为离下一场会议还有点儿时间，就稍微来坐一会儿而已。下次再慢慢玩吧。"

"是吗？"

老板娘和领班一起送到大门外。

"拜拜啦。"

"谢谢光临！"

加地趁着回头的瞬间，快速瞥了一眼品子。品子站在老板娘的身后，一副心安理得的神情。

在新宿转了一家相熟的酒吧，十点五十左右，加地赶到了ODEIRU。因为离开"万世"时确认过了，所以很快就找到了地方。这是一家很小的酒吧，吧台左手边，有三四个小包厢，有四五个年轻男女坐在那边。加地坐在柜台一边，点了兑水酒。

她会来吗？

加地也知道自己一把年纪却没有出息地在紧张，追求新的女人时总是这般。不过，这次的紧张却是前所未有地激烈。

好像要动真情了。

他享受着这种一边自责一边沦陷的感觉，想起了品子那张面无表情的脸。不过，在这样活力四射的店里想起来，那张脸似乎变得不靠谱、不确凿了。

时针指向了十一点，加地又要了一杯兑水酒。

在"万世"和品子一起待了将近一个小时。那期间，除了端菜，品子一直寸步不离。所以，加地认为她并不讨厌自己。不过，对于品子是否会来他却没有自信。给她放下了一万日元，应该不会有问题。最终，加地把赌注放在了这上面。

即便如此，在递给她一万日元的时候，她那种寡言少谢、只是淡淡地看了看手中钞票的态度，还是让加地看不明白。只不过一起待了不到一个小时而已，一万日元的小费应该不算少了。因为是料理店的服务员，原本可以不给的。即便客人给了你想收下，也应该先拒绝一下才对，可是品子完全没有表现出任何特别开心或者是为难的样子。直到走到门口，也依然是那副波澜不惊的"能①"面。难道她感觉收到一万日元是理所当然的，还是说一开始就抱有共度良宵的打算才收下的呢？加地隐隐觉得品子煞白的脸后，还隐藏着另外一张不为自己所知的脸。

不管加地如何担心，品子于十一点五分出现在了ODEIRU。一般这种时候，如果是酒吧女招待的话，迟到个二三十分钟她们也会毫不在意。她没耍这种手腕让加地感觉不错。

"有没有被谁看到？"

"没有。"

---

① 能，指"能乐"（能楽：のうがく），在日语里意为"有情节的艺能"，是最具代表性的日本传统艺术形式之一。就其广义而言，能乐包括"能"与"狂言"两项。两者每每同台演出，乃是一道发展起来并且密不可分的，但是它们在许多方面却大相径庭。前者是极具宗教意味的假面悲剧，后者则是十分世俗化的滑稽科白剧。能面，则指能乐面具，常指面无表情。

"去吃点儿东西吧？"

"我不饿呢。"

"那么，喝点儿什么？"

"不需要。"

无论问她什么，品子都只说最少的必要语言。加地一住嘴，两人之间马上就恢复沉默了。

"走吧。"

品子点了点头站了起来。一走到外面，凉风沿路疾奔。品子貌似很冷，把外衣袖子拢在一起，缩起了肩膀。

"打车吧。"

加地一钻进车里，没等品子问，就说去千驮谷。品子也不问目的地，就坐在了加地的身旁。

"几点之前必须回去？"车一发动，加地便问道。

"要早回去。"

"一点左右？"

品子没有回答，将身体靠向车门，眼望着前方。加地这才重新注意到：自己对于品子，除了名字，其他一无所知。

"是到车站那儿吗？"在看到外苑的黑森林时，司机问道。

"不，麻烦从车站前面往右拐。"加地故作平静地说道。品子依然沉默不语。首先映入眼帘的是树木的黑影，接着是院墙，之后是淡蓝色的光。

"这里就行了。"加地说完又跟品子说，"下车吧。"

加地轻轻用肩一推，品子就顺从地起身下车了。酒店的霓虹灯在头顶闪烁。

品子是一个慢热型的女人。对女人很有自信的加地十八般武艺各种尝试，也没有让她显示出什么热烈的反应。原来是不习惯前戏。一进入正戏，身体开始燃烧，便一发不可收拾。她努力克制着声音，但不久便伴随着压低的声音开始激烈地狂乱起来，整个人跟在店里的面无表情完全相反。

加地一面继续奋斗，一面借着淡淡的灯光偷偷窥探她达到峰顶时的神情。品子紧蹙着淡淡的眉根，紧咬着双唇，嘴唇已然被咬得没了血色。加地从中窥见了一种莫名来路的东西。

他在确定品子和自己都已经尽兴之后，慢慢抬头起身，从品子的身上爬了下来。边爬，边感觉身下那具洁白苗条的身子忽然之间变得迷离缥缈、云遮雾罩了。品子意识到加地正在打量自己，赶紧慌乱地拉上被解开了的衬衫。品子进门后，就没去穿酒店的浴衣，而是穿着自己的一件红底水珠图案的长款衬衣。其中若隐若现的酥胸、腰腹、通体雪白的肌肤，让加地尽兴过后的身体越发燃烧个不停。

加地像依恋不舍一样，又一次抱紧了品子。两臂用尽全力，将女人纤细的胴体紧紧抱住，然后慢慢放开。品子安顺地任其摆弄自己的身体，最终，只有一双脚还搭在加地的脚上了。

"你太棒了！"一把年纪的加地居然毫不介意自己说出这种不矜持的话。

他边说边想：自己一定会沉溺在这个女人身上吧。虽然觉得不好，但还是陶醉于这种逐渐沉落的感觉。

有起身的动静，品子起来了。

"这么快就要起来吗？"

"嗯。"

"才十二点。"加地看了看枕头边的表。品子没有管他，拿起散落在被子旁边的细腰带，合上衬衣，走到了另一间。

加地把双手叠在一起，放在脑袋下枕着，眼睛凝视着天花板。船底形的天花板的中间位置上，镶嵌着白色的荧光灯。灯在品子的要求下关掉了，只有白白的灯盖浮现在上方。品子系带子的声音从邻屋传来。

加地起身，走到邻屋点了一支烟。品子正面向梳妆台，整理带子的两端。

"你是一个人住吗？"

加地边问边觉得这事儿问得有些无趣。他并没有谴责她"跟别人一起住"的意思，只是想清楚地了解情况而已，了解了才会沉静下来。

"什么情况呢？"

"一个人住。"品子边系紧腰带边回答说。

"真的吗？"加地注视着眼前背对着自己的品子问，"真的是一个人吗？"

品子点了点头。梳妆镜中的脸，已经恢复到和在店里时同款的无表情"能"面。

"那为什么要这么着急回去？"加地边说边又觉得自己这个问法有点儿执拗，"是有孩子什么的？"

"没有。"

"那么……"

加地身体前探。可是，品子依然沉默着杵在那里。许是腰带收紧了的缘故，那小巧的身体凛然而立，完全想象不出刚才还曾狂乱地激情燃烧过。

"什么时候来东京的？"

"五年前。"

"在那个店里之前在哪儿待过？"

"涩谷。"

"在什么店里干过吗？"

"算是吧。"

品子坐到了梳妆台前的椅子上，像是要以此挣脱加地的提问。扎到脑后的秀发刚才被弄乱了，盖住了耳朵。

"来东京之前呢？"

明明知道问得不识趣，加地还是固执地问了下去。

尽管得到了女人的身体，也了解了她的一些事情，但加地却没有抓住这个女人的实感。刚觉得抓住了，下一个瞬间，女人却又"哧溜"一卜跑掉了，露出了另外一副面孔，从另外一个地方投来冷冷的视线。加地十分焦躁。

"之前说过的。"

"是吗？"

品子站起来走出了屋子，照着洗浴间旁边的镜子整理了一下头发。加地也明白，她是感觉自己问得太烦。

加地沉默了，掐灭烟头开始穿衣服。

三

一周一次，加地和品子相会。

第一次给了两万日元，之后每次给一万日元。有时候是事前给，有时候是事后给。品子看上去并不在意，总是老老实实地接过来，貌似对此事并没有什么执念。

有执念的倒不如说是加地这边。不管是在之前给还是在之后给，每次办事的时候给钱总感觉像是在买她的身体一样，太缺乏情调了。可不可以不要这样，以别的形式给她呢？加地虽然这么考虑过，可是，两人之间一旦形成了惯例就很难去打破。一般人听了可能会觉得有点儿奇怪，可当事人的行为不断重复的话，就会不由得感觉一切都是理所当然的。加地并不是在考虑什么小气的事儿，单就金钱方面来说，他一直觉得再多出一点儿也没有问题。从加地的立场来看，这也并不是想办却办不到的事情。可以的话，从她的住所到她的生活，所有的一切都由自己来照应也行。

如果双方彼此相爱的话，现在的状态是很奇怪的。

加地心里是这么想的。不过品子心里是怎么想的呢？保持关系都有两个月了，加地依然不了解品子的想法，那完全不在掌控中。

"怎么样？让我来照顾你吧？"

唯有一次，加地半开玩笑地说过。然而，品子只是脑袋略略歪了一下，并不答话。品子的不回答也就意味着她不感兴趣。看似是加地这边太过投入了。

两人之间的关系都这般密切了，加地带着客人去"万世"的时候，品子也未必会来加地的房间。当然，既然是料理店的服务员，负责的房间就应该是按照日期排序的，未必一定能撞到加地他们这个房间。有近三十个房间，能撞到一块儿反而是巧合。但是，即便两人在走廊里相遇，跟她清楚地说明自己在"竹之间"，品子也并不露脸。只要说声是老顾客来了，露一面这点儿自由还是完全可以有的，可品子却不这么做。只有在被叫到的时候她才会过来，一直都保持被动的姿态。

明明这般，她却又很好地遵守着夜间的约会。加地一有想法，马上就往"万世"打电话。除了老板娘，没有人能听出加地的声音。

"今天晚上怎么样？"

"好的。"

这就是品子说"可以"的暗号。不行的时候就说"不行"。这个"不行"至今只发生过一次。

"那么就十一点，老地方。"

场所一直是定在 ODEIRU。

"可以吧？"

"好的。"

就这样定下了约会。品子几乎不迟到，有时候还会比加地早到等着他。而且，即便在这样的时候她也不生气，也不说些需要别人感恩戴德的话。

"久等了。"

"一小会儿吧。"

迟迟打不到车，让她等了三十分钟的时候，品子也是这样说的。她不喝酒，只喝可乐。对加地来说，让他欲罢不能的还有品子的这份谦恭，完全没有一般女人那种一肚子怨气、动辄责怪男人的行为。她也不会主动强烈索求什么，一切都是随遇而安、顺其自然地发展，处事中带有一种听天由命的味道。

两人所去的酒店也一直都是千驮谷的 K 酒店。

打个电话，然后在 ODEIRU 会合，接着去往该酒店；回来的时候，在位于甲州街道的中野保健所前面的加油站下车。就像照章办事一样一成不变。即使加地说要送她回家，她也只会说到那儿就行，然后便在该处下车。有一次，加地想跟踪她探个究竟，可品子却站在那里不动，一直目送加地乘坐的汽车远去。和品子的关系总是在凌晨一点的甲州街道的半路上戛然而止。之后的品子会返回什么样的世界，加地无从想象。等加地回过神来时，品子已经从他的世界绝尘而去，仅此而已。

"对那个女人还是就此打住的好。"

加地曾经忽然被一种将要被拽入沼泽的莫名其妙的恐怖

感袭击。他感觉那沼泽黢黑泥泞、深不见底。

可是当翌日来临，他又被新的欲望俘虏了。

"毫无疑问，那一瞬间，她是我的。"

加地只相信和品子之间性的瞬间。毋庸置疑，那一刻，品子是加地的。正因为平日里面无表情，那一刻的狂乱迷情越发淫荡不堪，似乎是要将压抑已久的一切都吐出来一样激烈地燃烧着。

燃烧过后，品子会轻轻闭上眼睛静静地休息一会儿。在那短短的四五分钟里，品子像死去一样安静。那时的她，就像海底的一条深海鱼，紧紧地贴在一块叫作"加地"的礁石上，静谧、温柔。

然而，不知为何，品子绝不穿酒店的浴衣，总是穿着长衬衣进来。那些浴衣明明都是干干净净的，带着浆洗过的味道。可是明明如此，品子却完全不穿。她的衬衣，有时候是红底配白色的水珠花纹，有时候是薄薄的绿色料子。比起浆洗过的便宜浴衣，穿着色彩亮丽的衬衣的身影更加美艳动人。

一开始，加地以为这是品子的小用心：为了让两人的情事更充满激情，所以特意穿了较贵的衬衣来代替睡衣。谁知那好像并非是为了加地而做的。想来品子并不是那种会有这种心思的女人。

"你在家里休息的时候也穿长衬衣吗？"当品子轻手轻脚地溜进来的时候，加地问道。

"嗯……"

"酒店的浴衣穿着不舒服吗？"

"不是的。"

"那么为什么不穿浴衣呢？"

"……"

原本就少言寡语的品子更加不肯多答了。

"不行吗？"

"不呀，我并不是说不行。比起浴衣，我倒是更喜欢你穿这个。但是，衬衣会被弄坏吧？"

加地言外之意在说：就凭你那个疯狂劲儿。黑暗中他笑了。

"没关系的。"

"我也没关系，穿这个脱起来更有乐趣。"

加地现在开始解品子刚刚系起来的腰带，品子的身体微微动了起来。她最近开始慢慢尝到前戏的快感了。解开腰带，依次从胸部到腹部，然后到下半身，扯开了衬衣。

"要全脱掉了哈。"

品子轻轻扭动身体。衬衣滑落下来，只剩下肩头到两个袖口还挂在身上。品子的身体像陶瓷一样白皙，肌肤白得如同未曾完全挂脂便长大成形了一般：软硬参半，发育中略见不均衡；又白又脆，身体如同玻璃。

那身体随着加地的指尖舞动起来，顺从地、有时候像是预测到手指的动作一般先动起来。蛾眉轻蹙，樱唇微张。加地的影响在品子的身上不断扩大。毫无疑问，自己捕捉到了品子，加地想。

加速，起跑，之后笔直前冲。此时，品子身体里的少女部分消失，未曾发育完全的坚硬部分也消失殆尽，全身化为具贪婪、淫荡的女体。

那一天，一直占据领跑地位的加地起跑后，反而变成了被领导的一方。"哎？"加地一面为不觉间发生的变化疑惑，一面又享受着这种变化。

伴随着低沉却又深厚的呻吟声，品子到达了顶峰。那一瞬间，品子像错乱了一样，疯狂地摇着脑袋。一股平时完全无法想象的可怕力量紧紧抓住了加地，不久便如同脱落一般消失了。之后是短暂的空白时间。

从陶醉中率先醒过来的当然是加地。一向都是加地盖住依然还在微波中荡漾的品子的身体。

可是那一天，加地比平时稍稍早了一点儿抬起了头。品子双眼紧闭，睫毛尚在微微振动；两只胳膊离开加地的后背，左右呈"八"字形伸开；双手如同招手示意一般，掌心朝上。

奇怪！加地心想。

滑到肩头的衬衣袖子里，露出了白白细细的胳膊。那上臂虽细，却有一条纺锤形的肉线凸起，缓缓蜿蜒到皮肉单薄的前臂处。

是受过伤吗？

加地像是没有注意到一样，只将脑袋偏向右边。从肘部凹处往上，有一条像蚯蚓一样凸起的伤痕。那痕迹微微弯向外侧，上下有十厘米之长。

不是伤痕吗？

加地起身想再确认一下。

"啊！"

这时，品子惊叫一声起来了。加地被她一闪，歪向了右边。

"喂！"

两相对望时，品子已经抱住了用长衬衣遮住的双肘，紧绷着脸，直盯着加地。

"怎么了吗，突然的？"

"……"

"怪吓人的。"

品子站起来，打开拉门走向浴室。

情事过后，品子去洗澡已成惯例。可是，即使洗完，身体也没有发红的感觉。原来并没有进浴盆泡澡，只是擦拭了一下身体而已。

"也让我一起进去嘛。"

虽然要求过多次，但是品子却总是关上门，不让加地进去。她一个人进去之后，不到十分钟就出来了。

原来是为了不让人看到胳膊上的伤啊。

加地听着浴盆里轻微的水声，想起刚刚看到的雪白手臂上隆起的伤痕。

离开酒店是在凌晨一点。依照惯例经过新宿南面出口，到了甲州街道。加地的家在荻洼，所以送到中野也不算太绕路。

新宿周边的夜依然阑珊，灯光如波，蜿蜒长远。光照中，品子看向前方的脸忽明忽暗。这张脸在这之后要去面对怎样的世界呢？加地很想知道。

"你和父母一起住吗？"

品子摇了摇头。

"那么是和姐妹什么的一起？"

"不是。"

"不会吧，不会有孩子吧？"

品子没有回答。即使不回答，正盯着她的脸看的加地心里也明白，那肌肉紧绷的漂亮腹部不像是生过孩子的样子。

"你住的公寓叫什么名字？"

"为什么要问呢？"

"如果有什么紧急的事儿就不好办了嘛。"

"我会一直在店里的。"

确实，只要跟"万世"联系就可以解决问题。

"那只把公寓的电话告诉我吧。"

"这样我很难办的。"

"我不会去你家的。"

"……"

"还是说你有其他男人呢？"

加地在品子的俏脸背后描绘着男人的模样。是一个染有肺病之类疾病的男人呢，还是一个贫穷的艺术家？或者是一个平凡的工薪族、软饭男？不管怎样，让女人出来上班应该不是什么有钱男人。挨个儿想象了一遍，感觉每一个都似是而非。

"你爱着那个男人，还是那个男人不想放开你呢？"

品子悄悄地把脸转向了窗外。那张脸不只是美丽，还含有阴霾。正因为迷醉于她美丽背后的一种缥缈而不确定的东西，才使事情越发不好处理。

"无论你说什么我都不会生气。拜托了，告诉我吧。"加地的声音已经变为哀求。

"……"

"好吗？"

"为什么你那么想知道呢？"品子的声音极其干冷。

"因为喜欢你啊。喜欢才想知道你的全部呢。"

在这一点上，加地的心情是无须任何粉饰的。已经有十年没有过这种心情了。

"说嘛，总之是有其他男人对吧？"

品子依然看着窗外。一小时前还抓在加地手心里的品子如今已经完全逃往到别处，在远离加地的地方，冷面而坐。

无从捕捉。

一想到这一点，一个残忍的想法忽然掠过加地的脑海。

"你手腕上的伤疤是怎么回事儿？"

"啊？"

"左臂上的伤疤啊。"

品子的杏眼在肌肤的白底中瞪得格外黑亮。那是极其惊讶忍不住吞声的眼神。

"您看到了吗？"

"刚才，在那之后看到的。"

"果然看到了啊……"

品子垂下眼帘，咬住了嘴唇。

"你是受过伤吗？"

"……"

"因为那个原因，你才穿着长衬衣的啊。"

品子轻轻点了点头。

"那点儿伤疤，何必要隐瞒？一开始跟我说一声不就得了，又不算事儿。"

加地知道，品子的眼睛在看向这边。他也知道，她的眼神既尖锐又怯弱。

"我有个朋友是当外科医生的。对了，就是和你第一次见面时一起去的那个，就是那个朋友。等以后让他给你看一下吧，他可能会把你的伤治得更好。"

"不必了。"

"但是，你不是不愿意这样吗？在你心里也一直是个事儿，放不下心来吧？"

女人总是穿着衣服的理由，加地深刻地领悟了。直到那一瞬间都不肯脱掉衬衣的理由，让人怜惜又心疼。

"我尽快找时间带那个家伙过去，到时候让他给我们看看。"

"不要。"

"不用客气啊，反正也不需要钱。"现在的加地，总想跟女人的关系更近一点儿。

"一直这样的话，只会被别人怀疑吧？"

"请放过我吧。"品子小声说道。那声音似乎是被逼到无奈了才挤出来的。

"放过？"

品子在光的旋涡中闭上了眼睛。靠近窗那侧的半边脸是明亮的，而里侧的半边脸则被阴影覆盖。

"我说了什么让你生气的话吗？"

"没有。"

说完这句，直到下车品子都没有再吱声。

四

三天后加地往"万世"打电话，听说品子休息了。

加地虽然挂念在心，但是也没有其他办法继续问询。咨询"万世"账房，回答也是不知道品子的家。

之后三天，加地不断打电话过去，品子依然在休息。

难道是得了什么大病？

想起品子苗条得仿佛无着落的薄弱身体，这样的身子若是病了也许是很难恢复的。加地一方面这样想，另一方面却又有一种完全不同的感觉。那是柔弱对立面的坚强，也许可以叫作顽强。感觉品子总是具有这样的两面性，这一点也许是吸引加地的又一个原因。

一周后，加地实在按捺不住了，直接去了"万世"。

不出所料，品子果然不在。明明已经预先打电话了解情况了，可是被当面告知"不在"时，加地还是很失落。

"品子是哪里不舒服吗？"

加地另外唤来秋子问道。在秋子面前也不必掩饰自己的情感。

"啊呀，您难道不知道吗？"

"不知道什么？发生什么事儿了吗？"

"品子不干了啊。"

"不干了？"

"是的，听说三天前打电话过来说不干了。"

"那么，她去了哪儿呢？"

"好像说什么要回北海道。"

"北海道……"

"您真的不知道啊？"

"不知道，第一次听说。"

"是吗？我还以为您把她包养了呢。"

简直是晴天霹雳，难以置信。

"那么，她就不再来这边了吗？"

"已经不干了，应该就不来了吧。"

"工资什么的结了吗？"

"啊，那个听说第二天就来结了呢。"

"真是考虑周全啊。"

"那是自然啦，自己辛苦工作所得嘛。"

"谁都不知道她去了哪里吗？"

"几乎没有人和她关系很好，也没有人知道她在东京住在哪儿什么的。"

"……"

"是不是您欺负那姑娘了啊？"

"我吗？"

"可是，明明在店里什么事儿都没有啊，怎么突然就提出不干了呢？"

加地想起了最后一次和品子相会的时候。两人在ODEIRU见面后去了一直用的酒店，凌晨一点离开了，他把她送到了中野。一切照常，并无不同。此外还发生过什么呢？

然后就是伤疤的事儿了吧。

难道是那个的原因吗？他只说过让医生朋友帮她看看治治而已。虽然发现了她有伤疤的秘密，但是自己全是一片好心才那样说的啊。这一点品子应该也知道。

只因为这个不至于不干了啊，况且还是瞒着自己的。内心虽是这样想，可他并没有什么自信。

"搞不懂……"

品子衬衣里的裸体在加地脑海中复苏了，他想起她达到顶峰时那略带苦涩的、微皱的眉头，听到她轻细短暂的呻吟声。一想到再也见不到她了，加地就觉得那些景象强烈地动摇着自己的内心。

明明这么动心，却对品子一无所知；总算开始了解她一点儿了，却……

加地对品子依然恋恋不舍。

千野从静冈来到东京是在一个月之后的二月初，是为了把长子送到东京上高中做准备而来。

当晚，加地领着千野去了"万世"，房间依然是在二楼的"竹之间"。

"咱俩上次来的时候你喜欢的那个女孩呢？"

　　一杯啤酒下肚，千野问道。加地心里暗暗等着他这个问题。

　　"那个啊，不干了。"

　　"不干了？"

　　"已经有一个月了。"

　　"怪不得你一副不开心的样子，发生了什么？"

　　加地便把和品子相识的来龙去脉原原本本地告诉了他。没有必要对千野隐瞒。

　　"你怀疑是那个伤口的原因？"千野听罢问道。

　　"也不是。我并不是说就是这个原因，但是却想不到其他任何原因。"

　　事到如今，想成原因是和自己有关便是对加地的救赎了。

　　"是个什么样的伤疤呢？"

　　"胳膊的这个地方。"加地挽起衬衣袖子，把手掌外翻露出内侧给他看。

　　"从这个肘部凹陷的位置往上，到上臂中间部位，大约有十厘米长。"

　　"是很直的一条吗？"

　　"不是的，是轻轻画了个圆弧。"

　　"伤痕只有那一道，是吧？"

"只有那一道。"

"是在这一侧吗？"千野看着自己的胳膊内侧说。那一侧平时都是弯曲隐藏起来的。

"稍稍鼓起来一点儿。"

"手腕和手指都能自由活动吧？"

"是的。"

加地想起了高潮时，抠进自己后背的品子的手指的触感。如果能再见到她，即使让自己出十万日元也愿意。一个月过去了，那种心情越发强烈起来。

"上臂内侧受伤这样的事儿还是很少见的。"

"说起来确实是这样。"

"如果不是生病什么的话……"

"是有什么特殊情况吗？"

"可以想到一种情况。"千野把手放到啤酒杯上，停顿了一会儿。

"是什么情况？"

"这只不过是我个人的猜想而已。"

"嗯。"

"会不会是刺青的痕迹呢？"

"刺青？"

千野轻轻地点了点头："女人的刺青大多在左胳膊内侧。"

"怎么可能……"

"当然，也许不是那样。"

"那个女人不是那样的，不可能干那样的蠢事。不是吗？"

"我也那么觉得……"

"你想啊，女人刺青，除非是相当强悍的女流氓，或者是不良妇女……"

"不是那样，有时候是和女人的意志无关的。"

"怎么回事儿呢？"

"有的是被男人强迫刺青的。"

"男人干的？"

"是的。很多是男人把自己的名字刻在女人身上，等到双方的关系进阶之后，刺青面积会进一步扩大。这种刺青洗掉之后，皮肤就会轻微地鼓起来，大多会缝成弓形。"

"那么，你是说那是刺青洗掉之后的痕迹吗？"

"也许是因为什么特殊原因，想逃跑，就挑掉了刺青后的皮肤。"

"那个女人吗？"

"我可什么都不能断言。这只是从你描述的伤疤来看，我所能想到的最有可能的情况。"

加地感到一阵眩晕，真想塞住耳朵。

"你是不是说过要让我看看她的伤？"

加地轻轻点了点头。

"是不是害怕被我看出那是刺青的痕迹呢？"

"不，不是的，不是那样的。那个女人不可能刺青的，绝对不可能干那样的事儿的。"

加地脑海里浮现出刻在那只纤细、白皙的手臂上的微凸伤痕。那伤痕仿佛在嘲笑虚张声势的加地似的，黑得鲜明。

"你要那么肯定，那可能就不是了。"

"不是，绝对不是。"

虽然嘴上依然否认，可是加地心里明白，那毫无疑问就是刺青的痕迹，自己对此已经深信不疑。

谷夫人的困惑

一

　　谷夫人以五体安康之躯跟夫君谷五郎先生进行的最后一次性生活，是在一年之前的秋初。

　　当然，这个所谓的五体，您得理解我是沿用了自古以来所说的筋、脉、骨、肉、皮毛这五个构成人体的部分的总称。除此之外，个别书上也有头部、双手、双脚谓之五体的说法，还有头、颈、胸、手、足总称为五体的说法。不过，这些以外形为主的表达方式，是不符合谷夫人的情况的。

　　总之，在一年前的初秋的某一天，谷夫人的下体突然出现少量出血的情况。夜晚，刚要进浴盆洗澡的时候，她发现内裤上有一个指头尖大小的红色污点。每月的那事儿在一周之前就过去了。

　　已过去这么久了，这是怎么回事儿呢？

　　谷夫人有点儿担心，不过也觉得没什么大碍，就只洗了个澡，换了条内裤。

　　第二天傍晚，上厕所的时候，想起昨天晚上的事儿，她便又重新看了一下，结果还是有个同样的红色污点。

　　是月经残留了一点儿呢，还是白带呢？不管是什么，过个两三天就会没事了吧。

连续三天出现了同样的情况，那污点既不变大，也不变小，但是看着却令人害怕。

是因为上了年纪，月经开始紊乱不正常了吗？

一边准备晚饭，一边再次在心里嘀咕。可是，谷夫人不过才四十二岁而已，有一个十六岁的女儿。她离所谓更年期还远，现在是女人正当年的时候。身高一米五左右，体重也与身高相称，只有区区四十一公斤。身材小巧玲珑，纤细苗条。虽然模样说不上特别漂亮，但拥有良好的教养，不愧是大公司高管的么女。再加上不显年龄的小圆脸，穿上条稍短的裙子出去购物，让人乍一看只会以为是个年轻的小姑娘。不打诳语，现实就发生过这样的事儿：跟女儿一起走在路上的时候，被女儿的男朋友误认为是女儿的姐姐了。

虽说出血量不大，但是连续三天不断，再乐大的谷夫人也有些焦虑了。

从还是姑娘的时候开始，到结婚生了孩子之后的现在，谷夫人的月经几乎从未紊乱过，一直都是二十八九天一次。再加上年轻的时候就开始遵循荻野式①，她连怀孕都没有特别担心

---

① 荻野式，基于荻野学说的一种避孕方式。据荻野学说讲，女性排卵容易发生在自月经预计开始日起往回数 12 至 16 天期间。

过。正因为这样，她越发觉得此事奇怪。

本想跟老公说一下，但是他是个私立大学工学院的教授，只知道摆弄机械，对人体一窍不通。两年前，夫人感冒的时候，他倒是好心地给端来了药和水，可是却让夫人误服了过期的胃药。一个有如此"前科"的人，估计是指望不上的。

谁知，奇怪的出血之后的第三天，老公五郎先生前来要求亲密了。

夫妻两个的床并排而放，他像往常一样在枕边放着台灯，看着些不知所云的复杂数式。谷夫人嫌台灯的灯光刺眼，便背对着老公躺着，正在昏昏欲睡之际。

五郎先生忽然打破那种状态，将书本抛到一边，"嗖"地一下把手伸到谷夫人的肩头，将她拉了过来。

"干吗？"

迷迷糊糊的，谷夫人小巧溜滑的身子像被吸过去一样，被紧紧地抱进了老公的怀里。两人的性活动总是这样开始。老公读着尽是数式的书，忽然燃起情欲的原因无从得知，像猛然想起来一样发起了进攻。常年的习惯是很可怕的。虽然入梦之路已然行进甚远，谷夫人却一点儿都没有厌烦之色，灵活地倒退了回来。总而言之，即便是在睡梦之中，谷夫人的身体也处于随时可以返回来的准备状态。

四十六岁的五郎先生大约以一周一次的频率向夫人求索。从二十几岁到三十几岁，然后再到四十几岁，夫人的身体像每十年猛烈加速一次似的，越发性感。对于这样的她来说，一周一次似乎稍显不足。

"每天做都行啊。"

夫人背地里曾跟自己最亲密的朋友远山夫人说过一些这样的悄悄话。独生女已经无须费心了，闲来无聊的谷夫人有这样的想法也无可非议。

这是令她如隔三秋的召唤。不管是在快要入睡时，还是在甜甜的睡梦中，她是不可能不返回来的。那天，谷夫人也像往常一样，忠实地返了回来，就像水往低处流一样极其自然。

谷夫人的声音甚是微小，却像在地面上匍匐前进似的在房间里蔓延开去。落落大方的脸蛋缓缓左摇右晃，那一瞬间，吐出了从平时那张脸上难以想象的淫荡之声。

"唰地……像要融化了似的。"

远山夫人追问时，谷夫人如实坦白了当时的感受。

那一天也是那样融化着。贪婪地享受着余韵的谷夫人，不久之后像是被叫回来了一样，慢慢地醒了过来。恋恋不舍地醒过来的过程也很不错。谷夫人想起血迹的事儿是在清醒了大约有八分的时候。

不要紧吗？

一想到这一点，剩下的两分快感便烟消云散了。谷夫人拿出预先准备的卫生纸放上试了试。老公已经收拾好自己入睡了，过了四五分钟，就轻轻打着呼噜了。

就着台灯的光线，谷夫人悄悄地取出卫生纸看了看。

"果然啊……"

正如自己所忧惧的那样，荧光灯的照射中，红色的小污点就像活物一样闪着光亮。

二

谷夫人去 M 大学医院做妇科检查是在两天之后。

经过漫长的诊断之后，谷夫人和医生对面而坐。医生微胖，戴眼镜。谷夫人一开始还心怀怯意，担心是否会让这个男人窥尽自己的隐私，都检查完之后，便只担心结果如何了。

"情况怎样？"

"这个嘛，有点儿问题……"

"有什么不好的地方吗？"

谷夫人着急地问道。医生却一个劲儿地抚摸着从脸颊到下颚的部位，让人不得要领。

"是怎样的情况？"

催促了两遍之后，医生总算开始说话了："这个虽然还不敢确定，但是我怀疑可能是癌症。"

"癌症？"

谷夫人不由自主地嘀咕了一句，这简直是晴天霹雳。她从来没有想过会发生这样的事情。

"不过，还只是怀疑啦。"看了谷夫人的反应，医生慌忙改口道，"并不是定论，只是不敢否认说一定不是而已。"

不管怎么改口，已经受到的打击都难以消除。

"癌症，是哪里的呢……"

"当然是子宫的。"

这么一听，好像是理所当然的事情。谷夫人的内心却还在惊慌失措中。

"能治好吗？"

"我刚才已经说过多次了，还不能断定一定是，后面要取标本检查之后才能判断。"

"那么，要再一次……"

"不用，标本已经取了。"

难怪感觉时间好长，原来是在做这样的事情啊。现在的谷夫人就连医生的周到安排都觉得毛骨悚然了。

"什么时候能知道结果？"

"大约要三天左右。今天是周四，等下周的周一或者周二，您再来一趟吧。"

"如果是癌症的话会怎样呢？"

"这个嘛……"

谷夫人屏住了呼吸。

"即使万一是癌症，也只是最初期的症状，做个手术就好了。"

"您的意思是……"

"摘除子宫。"

"摘除……"

谷夫人可爱的下颚往前探着，杏眼就要哭出来的样子。

"总而言之，手术的事儿要等到确诊了是癌症的时候再考虑。现在还没有必要担心那一步。"

既说是癌症，再说什么让人不要担心的话也是无济于事的。谷夫人的脑袋像吞食了火球一样炽热，喉咙异常干燥。

三

谷夫人住进医院是在过了半个月之后的十月初。

标本检查的结果果然是癌症。不过，听说幸亏发现得早，只要做个手术就好，并没有什么性命之忧。

对家务完全漫不经心的五郎先生这次也有些认真了，和女儿一起，跟在谷夫人后面，带着睡衣和脸盆赶到了医院。

一认定是癌症，定了要做手术之后，谷夫人就给亲朋好友们挨个儿打电话，告知此事。

每次打电话一说，人们都会表示怀疑："真的吗？"重复解释几遍之后，对方总算信了，然后便又"这样啊"，深表同情。怎么想都不是什么开心的对话，不过比起沉默不言，自己主动宣告、做种种解说反倒更容易排忧解愁。一个人思考的话，从手术到死亡，乐天的谷夫人会胡思乱想很多以前不曾想过的事情，会疯掉的。

听了谷夫人的这个病，最为震惊的朋友是远山夫人。

两人自上女校以来一直是好友，彼此的丈夫也都是大学教授。境况相似不说，连居住的地方都很近，只有东横线上一站的距离。这十年来，两人基本保持三天一次的往来频率。

不见面的时候也会互通电话交流，所以几乎跟每天见面一样。

"无论有什么事儿都不要客气，随便吩咐啊。"

"到时候就拜托啦。"

住院的前一天，一向乐观的谷夫人也无精打采了。

"真是的，明明是完全看不出哪里不好的样子嘛。"

"现在也感觉不痛不痒的呢，只是前几天稍稍有一点点出血而已。"

"真是不可思议啊。"

"听说不痛不痒正是癌症的特征呢。"

"好吓人啊。"

对于和谷夫人同岁的远山夫人而言，这并非事不关己。正因为两人亲密无间，比亲姊妹还亲，远山夫人听说后心情便格外不好。

"不过，幸亏发现得早啊。"

要说安慰的言辞，也只有这个了。

"无论发现得多么早，也并不是百分百不出问题的。"

"为什么呢？医生不是清楚地说过现阶段发现的话，做个手术就治好了吗？"

"虽然他是那么说的，但是也并不能保证绝对没问题啊。"

"是吗？"

"癌症是会扩散的吧？如果手术之前已经转移到肝脏或者肾脏什么的，就完了。"

"不过既然要做手术了，就不会出现这样的事情吧？"

"无论多么有名的医生，都会有看漏的时候。"

明明比任何人都害怕这种情况发生，谷夫人还是尽说些自虐的话。无论说出什么担心，远山夫人都会给自己打消顾虑的。正是认定这一点，她才说得有恃无恐。

"也许再也回不到这个房间了吧？"

夫人担忧地环顾四周。

"怎么会……"

"也许不行了。"

"说什么呢你，可不能瞎说！"

远山夫人越狼狈，谷夫人反而越镇静。谁都可以，如果没有人和自己一样痛苦可就太难过了。

"一想到死了也行，就感觉以前想不通的那些事儿都能够看得很开了。"谷夫人眼望着日暮的窗外，像唱歌一样说道。

"不要说些不吉利的话！喂！"

虽然远山夫人严厉地批评了她，谷夫人却像是已经成为悲剧中的女主角一样，出神地说："一想到死，心情特别沉静呢。"

一种酩酊陶醉的状态。

"你马上就要去做手术了，然后会健健康康地回家来。你老公和康子姑娘都等着你呢。你不坚强一点儿怎么行！"

"也许，我已经活得太久了呢。"

"说什么胡话！你才刚刚四十二岁而已啊！"

正因为自己也是同样的年纪，听她这么一说，远山夫人便觉得如芒在背。

"现代女性的平均年龄是七十岁呢，还早着呢。"

"可是……"

谷夫人瘫坐在沙发上，两手无力地垂着，眼睛望向半空，说道："女人失去子宫，即使活着也没有意义啊。"

"这个……"。

"我马上要失去子宫了啊，就不再是女人了啊。"

谷夫人空洞的目光如同濡湿了一般闪着光泽。听她这么说，远山夫人便无法回话了，贸然说点儿什么反而会让对方徒增悲伤。有子宫的人对没有子宫的人，无论说什么鼓励的话，都不过是一时的安慰而已。

"即使能救过来，也已经跟死人没什么差别了。"

"没那回事儿啊！我有个熟人，因为子宫癌做了手术，现在看起来可健康了！"

"那只是外表啦！"

"但是，她还能出远门呢，好像去过金泽什么的，还能去旅行啊！"

"说是救过来了，可也就能做这点儿事了吧。"

到底有什么不满的呢？远山夫人疑惑地抬起头。

"如果不能做爱的话，还不如死了好呢。"

索性一气说出这句话时，谷夫人那张娃娃脸上挂满了大颗大颗的泪珠。

"小裕……"

谷夫人的芳名叫裕子。远山夫人只喊出她的名字便已经竭尽全力了，再也说不出任何话来。对于三十五岁以后才突然对性事觉醒的远山夫人来说，谷夫人的悲痛令她感同身受。如果自己的身体也变成那样的话，也许确实会丧失活下去的气力。

"再也感受不到那种滋味了啊！"

泪水簌簌而下。

只有在远山夫人面前，谷夫人才会毫无保留，什么事情都如实相告。正因为如此，听的一方越发辛苦，总想为她做点儿什么，可是唯有这一点却是无能为力。

"啊，不要，坚决不要啊！"

谷夫人用手帕捂着眼睛，像个耍赖的孩子一样一个劲儿地摇着头。扎在后面的头发也随之轻轻摇摆，露出的脖颈又细又白、柔若无骨。

"但是……"远山夫人心想，失去子宫也就意味着完全不能做爱了吗？究竟摘除之后，那里会变成什么样子呢？

当然，远山夫人既没有那种经历，也没有向做过手术的人问过。那之后性生活如何之类的问题，她完全无法预计。

"做完手术真的就不行了吗？"她战战兢兢地问。

谷夫人忽然将手帕从眼前拿开，眼神如同将要扑到猎物身上的野兽一般，直勾勾地盯着她说："肯定不行的啦。那可是没了子宫啊！没有子宫和没有手足可不是一回事儿。那是丧失了女人的生命啊！"

谷夫人的瞪视如同在说：装什么糊涂呢！远山夫人张口结舌，轻轻点了点头，又不能做出十分赞同的样子，表示"原来如此啊"。

"不过，即便没有子宫……"只要有下面就行了吧，她想。

"已经不能生孩子了，也没有月经了啊。总而言之，就不再是女人了啊，和你不一样了。"

这么一来，好像是有子宫的远山夫人做了什么错事似的。

"那么，和你老公已经……"

"半个月之前，去医院的前两天做过最后一次。之后去拿检查结果的头一天他又要过，但是那时候已经完全不行了，老担心癌症的事儿。虽然老公多方面照顾我，可是最终还是不行。"谷夫人十分委屈地说道。

"但是，我觉得等到伤口完全愈合、不必担心癌症的时候，肯定就会像之前一样了。肯定不要紧的！”

远山夫人虽然这么说，却完全没有自信。

“即使治好了也不行啊，没了子宫的空洞女人啊！”

“空洞？”

“是呀，脱壳了。”

远山夫人偷偷将目光投向谷夫人的下腹部。据说是从谷夫人被茶色捻线绸盖住的小巧又漂亮的下腹部插进手术刀，从中摘除子宫的。多么残酷啊！她不忍直视了，把目光转向别处。

“要花多长时间？”

“医生说是两三个小时。”

“那么长时间！”

怎么想也想象不出摘除子宫的手术是什么样的。

“我能不能受得了那么大的手术呢？”

谷夫人的脸如同“能”面一样没有表情。那神情仿佛已经生无可恋了。

“不要紧的啦！现代医学这么进步，又是在大学医院里做。”

与其说远山夫人是在跟谷夫人说，倒不如说是在说给自己听。

“我血压也低，大概是贫血吧。”

"医生都知道吧？"

"他说住院之后，做手术之前，会进行全面精密的检查，不过我没有自信啊。"

"好好拜托给医生就行了。"

"这么瘦小的身体，担心啊。"

谷夫人把两只胳膊伸到远山夫人面前。虽细却又肥瘦适中的雪白手臂从和服袖裉下的开衩处露了出来。那手臂娇软得让女人都忍不住想拉过来。

"而且，我还对异丙安替比林过敏。"

"是吗？"

谷夫人感冒的时候，曾经吃过一粒异丙安替比林系列的退烧药，全身马上就出了红色的湿疹。皮肤似乎有特异过敏症。

"只要手术能平安无事就好啊。"

"不要说些让人不安的话！"

"可是，我又不是那么强壮的人，又是个女人，不用非要那般受苦地活下去啊。"

"不行啊。你必须要更加大胆勇敢地活下去，管他什么乱七八糟的事儿，一定要努力才行。"

"我当然想那么做，可是……"

谷夫人为了躲开宽敞的南窗照射进来的阳光，抬起纤细柔弱的手挡在额头上。然后，像想起来什么似的嘟囔道："究竟是什么因果报应得了癌症啊？"

真是的，这么美丽可爱的妇人，为什么呢？远山夫人像祈祷一样，偷偷看了看谷夫人苍白的面容。

四

第二天谷夫人就住院了，在进行了各种各样的身体检查的十天以后，接受了子宫摘除手术。

手术是全身麻醉。谷夫人在进入手术室之前的两三个小时开始使用催眠药物，并逐渐进入朦胧状态。所以，从被推进手术室，到如何做的手术，到何时归来的，她都完全没有印象。据说被推回病房后，大约过了十分钟她醒过来了，清晰地看了一眼老公和女儿后，又沉沉地睡去了。可是就连这些记忆她都没有。

总之，谷夫人能记着的是手术开始之前大约三个小时，胖乎乎的主治医生出现了，从脉搏、血压到喉咙都看过之后，问了自己："没什么异常吧？"

身体从来到医院开始，既不发烧也不疼痛，一直保持这种状态，没有变化。

"大夫，手术没问题吗？"

谷夫人一心只顾虑手术，可是医生对此却没有丝毫担心，笑眯眯地说："你只需要舒舒服服地睡一觉就行了。"完全不理会她的情绪。

"会很痛吧？"

"麻药过了之后会稍微有点儿。"

"肚子上会留下多大的伤疤？"

"不会留伤疤的。"

"为什么呢？"谷夫人惊讶地问道。

"因为是从下面做的。"

"下面……"

是怎么一回事儿呢？谷夫人重复了一遍刚才的话，总算反应过来：所谓下面指的是下半身那里。她吃惊地抬起眼来："能行吗？"

"你的程度比较轻，所以从下面也完全能行的啦。不会在腹部留疤，这样比较好吧。"医生极其淡漠地说。

"可是，那么小……"

一想到能否从那么小的口里取出子宫，谷夫人便后背发凉，而医生却依然淡淡地说道："不用担心，连孩子都能出来呢。"

"……"

这么说的话也的确如此。果然，医学是取得很大进步了。她半是敬服，半是惊讶，再也无言以对。

虽是这样说，可子宫毕竟是个很大的物件（大得能让婴儿入住其中），可想而知会在腹部极为靠上的部位。为了摘除它，手术刀也好，夹子也好，甚至医生的手什么的，都会交替上阵，必须进去才能取出。这样的事情从那么个小口里进行会不会把那里扩大，甚至撕裂呢？新的不安再次充溢着谷夫人的内心，在一旁听着的老公好像也感受到了这种不安。

"会不会撕裂呢？"

"哪里呢？"

"啊，那里啊。"

"啊，没问题的啦，因为是用器械打开的。"

"啊哈。"

露骨地问过之后，他竟然敬佩起来。可是，对于在一旁听着的谷夫人来说，那却是切身之事。

"那么，那之后呢？"

"一时会扩大，不过很快就复原了。"

这么一听，五郎先生像害羞似的低下了头，谷夫人好像虚脱了一样浑身乏力。

　　既被摘除了子宫，又连那里都松弛了，作为女人，真是一点儿好处都没有了。虽然有这个思想准备——既然做了手术，就要放弃性生活，但她还是心怀万分之一的希望。如果连这点儿希望也完全被践踏了的话，那就没什么活着的乐趣可言了。虽然曾经对远山夫人自暴自弃地说过、撒娇过，但是这一旦成为现实，她就不由得慌了。如果真变成这样，丈夫就会花心；即使内心不甘，却也不得不睁一只眼闭一只眼。

　　"即使治好了……"性生活大概也不能顺畅了吧。刚想再次跟医生确认一下，可这时候出去打电话的康子回来了，谷夫人只好作罢。

　　"没问题的。对女性来说，比起子宫，卵巢更为重要。女性之所以成为女性全都是卵巢的功劳，子宫不过是个像袋子一样的东西。那东西即使失去了，也没什么影响的。"

　　谷夫人的话没能说完，所以医生的回答稍微有点儿偏离靶心。不过可以理解，他是为了让谷夫人安心，在各种费心地安慰她。即便如此，她也依然无法搞清楚卵巢和子宫哪个更重要。她不由得感觉：既然没法生孩子了，没有月经了，那么对女性来说，也就和死了没什么区别了。

　　"那么，你现在可以放心大胆地睡了。"

　　内心特别不安，怎么可能睡着呢？她都想这样叫起来了。

可是，三十分钟之前服下的药剂好像已经奏效了，她连抱怨的力气都没有了。看着医生走出去的背影，看了看老公和康子的脸，谷夫人觉得人的眼球都跟玻璃球似的……产生这个想法之后，她便一无所知了，进入了真正的熟睡中。

五

　　远山夫人前来探病是在手术完成的五天后，十月末。

　　因为是上班时间的下午，病房里只有谷夫人的妹妹陪着。一看到远山夫人来了，妹妹便像等不得一样，去医院的商店买东西去了。

　　"小裕。"

　　一见到谷夫人，远山夫人就像见到了十年未曾见面的恋人一样跑到病床前，握住了从床边伸出来的谷夫人的白白细细的手。

　　"千枝！"

　　两人互相喊着对方的名字。

　　没有一天不说话的两个人都有一周没有见面了。可以想见，两人感觉就像已经有好几个月没见面似的。

　　"太好啦！"

"谢谢！"

远山夫人边说边呜咽着，也不怕难为情，掏出手绢擦了擦眼泪，又摇了摇那只胳膊。

"看到你比想象中的有精神，我可放心了。"

谷夫人的脸埋在粉红色的枕头上，下巴尖尖的，有些瘦了。不过，脸色却并不怎么差。

"好像总算活过来了。"

谷夫人微微一笑，说得好像心怀歉意似的。

"那是肯定的啦！做手术是死不了的啊。"

"可是那个时候我就是那么想的啦。"

"越是把死挂在嘴边的人，越是死不了的啦。"

"你这家伙！"

刚要开玩笑呵斥她，谷夫人却突然头往后仰，蹙紧了眉头。

"啊，疼、疼、疼！不要惹我笑啊，才第五天呢。"

谷夫人一面紧缩双眉一面娇声说道。除了陪床的家人，见到的第一个亲人就是今天的远山夫人了。

"是伤口疼吗？"

"说不上来是哪里疼，里面疼。"

"里面……"

"可能是有过子宫的那个地方吧。"

"果然是从下面取出来的吗？"

"是呀。"

"那就是没有伤口了，对吧？"

远山夫人一面感叹，一面把目光从被子上投向谷夫人的下腹部周围，眼神中掺杂着担心和好奇。

"快说说，什么情况呢？"

"说是把患癌的部位全部摘除了。听说是子宫的正中间位置，好像没有转移的迹象，所以不用担心。"

"太好啦！"

这句话远山夫人也是感同身受，因为自那以后她每天都在担心下身是否出血。

"大约做了几个小时？"

"好像是两个小时左右。"

"很疼吧？"

"可一点儿都不记得呢，做完醒过来之后也给打了止痛针，我都睡着了什么都不知道。"

"很轻松啊。"

"后面倒是一直挺难受的。"

"不过，再稍微忍忍就好了啊。"

本来谷夫人抱着"车到山前必有路"的心境，没想到"轻而易举登上了山顶"。前来探望的远山夫人也略略有点儿吃惊。

"哦对了，这个是带来看你的一点儿心意。"

远山夫人从左手抱着的包袱里取出一盒点心，点心是从一家名为"K"的老字号点心铺里买来的。这是谷夫人最喜欢的食物之一。

"好开心啊！刚想让康子给我买。"

"不要紧吗？"

"不要紧啦，手术第二天就可以正常饮食了。"

"真的吗？"

"是啊，又不是在肚子上动刀。"

这么说也是，子宫跟食物和消化又没有关系。

"那我这就开吃了。"

一打开包装，谷夫人就歪扭着脸，紧盯着盒子。吃哪一个好呢？放眼端详了一会儿，拿起了边上的一个。

"真好吃啊！"

谷夫人躺在病床上，十分满足地吃着。看着那张脸，远山夫人渐渐产生了一种蒙受损失的心情。

从那天开始，谷夫人的病房里前来探望的人络绎不绝。原本谷夫人就是那种乐天派，不认生，交际广泛。只有因为老公的关系前来探望的客人来的时候，她才会驯顺地拿捏着分寸。
如果是左邻右舍的太太们或者是老友来了，病房里就会像往常
谷家的客厅一样，热闹非凡。窗台上很快摆满了各种水果篮、
点心盒、当季的鲜花花束等。

手术之后的第七天，出血被止住了。从第十天开始，她
可以自己慢慢穿过走廊去上厕所了。尖尖的脸也稍稍长肉了，
重新变回了原来那张胖乎乎的脸。

"说话太多，子宫会变成妖怪出来哦。"

"啊？"

被医生一揶揄，谷夫人吓了一跳。

"子宫会哭的：'是不是把我给忘了啊？'"

"您好过分啊！"

知道是玩笑话，谷夫人瞅了瞅医生。不过想来也许是那
样的，为了被摘掉的子宫，还是稍稍老实一点儿好。刚刚那么
想过，可第二天，她又和前来探望的客人喋喋不休起来。

谷夫人在一天天康复。穿着胭脂红长大衣从走廊走过的
谷夫人，看身影完全不像是一个没有子宫的女人。

手术一个月之后，谷夫人出院了。出院那天，在门诊做
完最后一次诊察之后，医生就今后该注意的事项做了说明。

出院后的一个月里，一定要一周来一次，一个月后要半

个月来一次，三个月后一个月来复查一次就可以了；什么都可
以吃，洗澡也没有禁忌；在两三个月内不要干重活儿、累活儿，
避免出远门和旅行等容易疲劳的事情，在市区范围内活动没有
关系；如果有疼痛或者出血之类的异常情况，直接来医院；做
了癌症手术之后，至少在三年内有必要持续观察恢复的情况。
在对这些事项一一进行说明之后，医生稍稍停了一下，说道：
"然后，可以自由进行性生活，没关系的。"

"啊？"

因为突然插进来不同的话题，谷夫人一时没能理解。

"因为私处已经恢复原样了。"

"啊……那个……"夫人点了一下头，又慌乱地问道，"可
是子宫……"

"那种东西没有也没啥关系。不要去考虑有没有子宫这种
多余的事儿，以前怎么做现在还怎么做就可以了。"说到这里，
医生站了起来，"要有信心地去做。"留下一个亲切的笑容之
后，转向了下一个患者。

六

谷夫人出院后的生活和住院之前相比发生了一点儿变化。

因为刚刚动过大手术，吊儿郎当却又温柔善良的老公请来了家政妇。不过是两口子加上一个女儿的三口小家庭，其实家务没有什么特别费事的。早餐，康子喝杯咖啡就去学校了，老公十点左右才去大学，八点起床时间足够；午餐是夫人一个人吃，这期间打扫一下房间，简单洗刷一下就行；晚餐是在六点到七点之间，四点左右去买东西来得及。

哪一个都算不上是医生所说的让人疲劳的工作，不过这些全都由家政妇给做了。谷夫人看着电视喝喝茶，和远山夫人通个电话，只有这点儿事儿可做了。身体完全没有异样；明明摘除了子宫，心情却好得出奇。

"我说，差不多了，我想做家务了。"

一个月过后，谷夫人晚上上床后，向老公提出了申请。不知是否是白天无所事事的缘故，晚上她也难以入睡。

"不行，不行，不可以勉强。"

"没有勉强啦！"

"我还是能养得起的，雇个家政妇的余力还是有的，不要担心。"

"不是那样的啦！"

被当作要紧的人这种事，时间长了也会厌烦的，而且，谷夫人此刻感觉到强烈的欲望。不知道是否是什么也不干、太过轻松的缘故，脑海里突然浮现出了那事儿。明明摘除了子宫——心里虽然这么想，欲望却对此不管不顾。

"你还是个病人呢。"

"不是的。"

"可是你不是还要去医院检查吗？"

"那只是看一下而已。"

"还是小心为好。"

老公依然在读什么尽是数式的书。看着看着，谷夫人心中的欲火逐渐旺了起来。

"哎，医生也说过的啦。"

"嗯。"老公含糊地答道。

"说做那个也可以的。"

"那个……"

"是的，他说可以的。"

"嗯……"

到底在不在听呢？老公的回答完全让人摸不着头脑。宽厚的大肩膀就在眼前。看着他的肩膀，谷夫人全身盈溢出一股甜甜的、暖暖的热流。

"哎……"

"嗯。"

欲望已经疾驱而来。

"所以嘛……"

"嗯。"

"没事的啊！"

"嗯。"

"老公！"

谷夫人的身体突然爆发了。

"傻瓜！傻瓜傻瓜！"

夫人叫唤的同时，疯狂地纠缠到了丈夫的身上。

"喂喂，喂！"

书和眼镜被抢了出来，呆呆愣住的五郎先生的胸前，钻进了白皙小巧的谷夫人的身子。既然已经暴走，就难以再停下来了。

"呀呀！哎呀，哎呀！"

五郎先生的惊讶也就到此为止了，之后就是忘乎一切地融为一体了。

翌日清晨，谷夫人醒来时，枕边的台钟显示八点钟。朝阳从板门缝隙呈一条细线照射进来，老公还在睡。厨房那边传来康子边泡咖啡边唱歌的声音，沙哑的嗓音。要不要起来呢？谷夫人想了想，又埋下了脑袋。如果现在起来的话，就会和稍后起来的老公在朝阳中四目相对。一想到昨晚的狂乱姿态，就羞得不好意思起床了。

谷夫人决定装睡。

不久大门开了，传来家政妇的声音。她好像和康子聊了一会儿，又安静了下来。然后再次传来开门的声音，是康子去学校了。家政妇好像开始大扫除了，传来打开窗户的声音。悄悄看了看表，八点半了。有脚步声靠近，家政妇在门外喊道："先生、先生，八点半了啊。"

老公好像没有听到，似乎是前所未有的十足干劲都用到了昨晚的缘故。

"先生！"

又叫了。谷夫人无奈地踢了他一脚。

"哎，嗯。"

"先生，八点半了啊。"

"啊？是吗？这就起来。"

家政妇离开了。谷夫人赶紧拽过毛毯假装在睡。

"啊啊，啊——"老公伸了一个大大的懒腰，然后眼睛滴溜溜地环顾了一下四周，之后轻轻拽了拽遮在谷夫人脸上的毛巾的一角。谷夫人继续拼命假装睡着的样子。老公似乎轻轻笑了，不过不是太清楚。他起身下床，拿开台灯，抓起数式的书，放到了衣柜上面，然后开始穿衣服了。

九点半时，算好老公已经出门，谷夫人开始起床了。

"早上好！"

"早！"

回了家政妇一句后，谷夫人意识到自己一反常态地头脑清晰。明媚的阳光从东窗倾洒进来，她走起路来飘飘欲飞，身轻如燕。

刷完牙洗完脸，坐在梳妆台前，谷夫人脸上的表情似乎变得更加柔和了。也许是心理作用，她感觉肌肤也润滑白嫩了。这样的情况在生病以来还是第一次。

"是因为那个吗？"那么一想，谷夫人马上低声自责："讨厌啦！"

奇怪的身体。谷夫人整整一天，都拘泥于自己的身体。

七

有了第一次，第二次、第三次内心就没有什么可以抗拒的了。一开始还担心要不要紧，会不会再出血什么的。但是，完全没有那样的迹象，医生也保证过了，肯定不会有错。谷夫人的胆子越来越大了，次数也从十天一次到了一周一次，恢复了原来的节奏，继而变成五天一次，周期比手术之前还缩短了。

"怎么样呢？"

进行途中，五郎先生问道。情事中间询问妻子的感想一直都是他的兴趣所在。

"很好啊。"

在被问过几次之后，谷夫人也毫不介意地回答了。两人就在这一问一答中兴奋起来了。

"比以前如何？"

"差不多。"

谷夫人小声答道。五郎先生一边行动一边点头。

"你呢？"

在渐渐被满足的快感中，这次谷夫人发问了。

"什么？"

"怎么样？"

"问得好奇怪啊。"

"和没有子宫的女人做爱，感觉是不是有点儿奇怪？"

"没有啊。"

"那就好，怕你不喜欢。"

"好像比以前还好。"

"真的吗？"

"真的啦！"

"太开心了！"

烈火已经燃满全身。确实，谷夫人自身也感觉现在的燃火方式比以前来得更早了，被老公这么盖章定论之后，一直以来郁积在心底的东西一下子消失得无影无踪了。是夜，谷夫人异乎寻常地熊熊燃烧着。

讨厌啦！

第二天清晨，谷夫人在床上想起昨天晚上的事儿，脸红了。

那种事都能做了，还雇佣家政妇，太奇怪了。

两天后，谷夫人辞掉了家政妇。

做手术之前的不安一点点消失了。过了半年，谷夫人的身体没有任何异样，却也没有月经。既然摘掉了子宫，那就是理所当然的事儿。谷夫人时常连这一点都给忘了，有时候到了月末就会犯迷糊地想："这个月还没来吗？"

摘掉了啊！

醒悟过来时，心想："这样啊。"

反正能感觉到那个，那玩意儿没有正好，干净利索了。

谷夫人这么想着，一个人变得奇奇怪怪起来。

又过了半年。

"今后三个月来一次就可以了。"

医生满意地点了点头。

"我已经不要紧了吗？"

"算是挺过了癌症复发可能性最大的第一年，应该不要紧了吧，特别是你发现得比较早。"

"真是非常感谢。"

"那么，那方面怎么样？"医生一脸认真地问道。

"嗯，没什么……"

"是吧？你好像曾经很担心啊，总而言之，要有自信啊。"

"好的。"

跟医生没必要说什么了，自己曾经彻夜不眠地考虑的事儿简直就像做梦一样。

十天后是高中同学聚会。

谷夫人毕业的高中是东京的一所教会学校，市内有近二十个同学。不过，前来参加一年一度的聚会的顶多有十四五个人。这几年，除了去年因为住院没能参加，谷夫人没有缺席过。

时隔两年，谷夫人随同远山夫人一起去了。地点在西银座的 Y 餐厅二楼。

"听说你生病了？"

"听说是子宫癌？真不容易啊。"

"吓了一跳啊。"

以前熟稔的同学都惊奇地围住了谷夫人。

"然后呢？不要紧吗？"

"托您的福。"

"那么，是做手术了吗？"

"嗯。"

"是摘除子宫了吗？"

"是呀。"

"真的……不容易啊。"

同学们都点着头，用不可思议的眼神将谷夫人从上打量
到下。所有人的眼神里都交织着同情和兴趣："这个女人没了
子宫啊。"

"全部摘掉了吗？"

"基本是那样吧。"

"哦……真是一场大灾难啊。"

这下大家好像都有戏看了。

"今天的聚会就兼着庆祝裕子大病痊愈吧。"

"赞成，赞成！"

"主宾在这里呀！"

谷夫人旋即被推到桌子正面的上座上了。

"为谷夫人的健康干杯！"

谷夫人怀着对不住旁人的心情喝干了葡萄酒。明明还有其他四个人生过不同的病——有的做过腹膜炎手术，有的因为心脏病、肝脏病住过院，可是话题却全都集中在谷夫人的病情上。

"什么时候发现的呢？"

"一开始是什么样的症状？"

"手术很痛苦吧？"

"能走多远的路？"

"已经不要紧了吗？"

在接二连三的问题直攻之下，这里简直成了子宫癌的公众会，连一向喜欢说话的谷夫人也疲倦了。于是，远山夫人挺身而出，完全像过来人一样略带夸张、又不太准确地回答着。难得她扬扬自得、喋喋不休地解释着，也不好去纠正。最终，谷夫人沉默不语，随她说去了。

"保重啊！"

"不要消沉呀。"

"子宫什么的，没有也不要介意啦。"

讲到最后，大家接连不断地跟她说一些说不清是鼓励还是安慰的话。最终，从"也不是只有性生活才是人生啦"这样的话，变成了"即使你老公有外遇那也只是肉体关系啦""反正都是逢场作戏啦"之类的话。

大家都开始做出一副完全了解、深表同情的样子了。与此同时，还抱有一种幸亏自己没有成为那样的受害者的安心感和一点点优越感。

"有什么困难的话一定要说呀，只要是我们能做到的，什么都会做的。"

"好的好的。"

谷夫人最终只是敷衍地答应了几句，两个小时之后，连滚带爬地逃出了餐厅。

谷夫人好久没有来银座了，所以和远山夫人在银座简单逛了逛，买了件夏天穿的罩衫和粉红色的薄睡衣，又买了个蛋糕，便从有乐町坐上了电车。

"不要紧吗？"

一起上台阶时，远山夫人一直担心地问她。上到一半时说：

"我帮你拿吧。"

"不用啊。"

"行了，不能强撑着啊。"

远山夫人强行抢过来，叠放到自己的购物袋上，喘着粗气往上爬着。

"累了吧？"

"没有啦。"

坐上电车之后，远山夫人也担心地看谷夫人的脸色。

"要多多保重啊，你可是没有子宫了啊。"

没有是没有，但是身体状况反而比手术前还好呢，谷夫人产生了一种奇怪的心情。

"真不知道大家居然那么关心呢。"

"都很担心你啊。"

谷夫人虽然觉得这句话只可相信一半，但并没有作声。

"虽然大家都担心地问过了，但真实情况是怎样的呢？性生活那方面。"午后空旷的电车里，远山夫人凑近嘴巴问道。

"什么怎么样？"

"和你老公，在做吗？"

"做呀。"谷夫人眼望着前方，点头道。

"怎么样？能感觉到？"

"还行吧。"

"是吗？那就好啊。"远山夫人皱着眉头，想了一会儿，说，"可不能自暴自弃呀。"

"自暴自弃？"

"我觉得快感一定会有的，即使比不上从前那样。"

"……"

"我觉得子宫并非全部的。"

谷夫人看着对面窗外不断远去的午后东京的高楼。那些高楼如同动物一般接二连三地挺向天空，舒展开去。谷夫人读女中是在战灾之后，那时候这一带还没有像样的高楼，而现如今从窗户看到的所有光景都被高楼覆盖了，烧掉了再盖，推倒了重建。

简直就像低级原始动物的繁殖一样，谷夫人心想。

"不过，女人可真是脆弱啊！"

远山夫人大大地叹了口气，脸上的表情似乎对此深信不疑。

谷夫人一面看着高楼，一面想起了昨天晚上的狂态。怎么回事儿呢？老公尝试了一种新姿势，让一种前所未有的快感贯穿谷夫人的全身。谷夫人一时半会儿无力抬起头来，只用肩膀撑着身体，喘着粗气，下半身疲累得不像是自己的。

"舒服吗？"

"嗯。"谷夫人用眼睛作答了，眼睛慢慢睁开，"非常好。"

"比以前还好？"

"好得多，好像有什么东西不一样了。"

"那时候也说过这样的话啊。"

"什么时候？"

"生了康子以后。"

"你怎么尽是记一些奇怪的事儿呢。"

老公在台灯的光亮中笑了。

奇怪的自己。

谷夫人闭上了眼睛。电车轰鸣着加速前行。

明明子宫都去掉八分了。

突然，谷夫人看到了子宫正从自己的身体里一耸一耸地冒出来的画面：略带红色的薄薄的肉块含珠带水，一点点变大；一闪一闪的，像迎着朝阳一样烁烁生辉；越发丰盈厚实，带着热气往上直冒。

简直就像高楼一样。

这时，到了两人要下车的涩谷了。

"我给你拿着，可不能勉强啊。"

远山夫人迅速站起身来，拎起了谷夫人膝盖上的东西。

玉虫

一

　　上原佐衣子家住在自由之丘。在六月中旬的某日下午六点，她从家里坐东横线前往市中心。那是一个连绵梅雨过后的久违的晴天，从月台上能一眼望到炽热的太阳就要落入西山。

　　从一年前开始，东横线从中目黑站延伸到地铁日比谷线，要去后乐园，之后再到银座换个车就行了。

　　傍晚时分，丈夫直彦特意打来电话，让她五点半左右打个车过来，那样时间正好。

　　因为是傍晚，上行线没那么堵，打车到后乐园一个小时足够了。他自己则在六点从丸之内的公司出发，直接赶过去，六点半左右就可以和她在后乐园会合了。好像这就是直彦的想法。

　　接到电话时，佐衣子只答了一句："就那么办吧。"

　　"然后还有，尽可能穿和服过来。"直彦心血来潮似的补充了一句。

　　挂断电话以后，佐衣子依然没有下定决心要去。

　　"去看棒球赛吧"，突然提出这类离奇要求的当然是丈夫直彦。也难怪，他一向喜欢棒球。从这一点来说，这也完全是情理之中的事情。直彦偶尔早回家时，肯定会横在沙发上看棒球赛转播。一看到紧张的场面，就连拿到嘴边的啤酒都忘了喝，眼睛直勾勾地盯着画面。自己偏爱的巨人队如果发挥不利，则会歪着脑袋直咂嘴。只需看丈夫的表情，就能了解场上的所有形势。佐衣子不太喜欢丈夫热衷于游戏的样子，这一点直彦也意识到了。他经常会给自己找一些借口：迷恋棒球是因为在公司里用脑过度。

直彦是一家小有名气的商社——K物产的营业部部长，出身于名牌私立大学K大，今年四十二岁，算是晋升较早的。实际上，他在同期当中确实是第一个当上部长的。

听了丈夫的借口，佐衣子既不点头也不怀疑。不管理由如何，她都无法习惯丈夫看着电视发出怪声。

毫无疑问，直彦邀请佐衣子去看棒球赛之类的想法是在去了趟美国后产生的。五年前，因工作关系去南美的时候也是这样，回来后那一个月左右，他总是想带着佐衣子出门，去拜访董事家啦，去观看歌舞剧啦，去购物啦，最后连酒吧都要带她一起去了。

从上次的事儿来看，这次好像是犯了同样的病。当然，返回日本已经快一个月了，这病也差不多要痊愈了。

到了丈夫要求出门的五点半，佐衣子总算下定决心去了。这个决定与其说是因为想看棒球赛或者是想和丈夫一起度过，倒不如说是太过炎热的天气把佐衣子从家里赶出来了。

正因为白天太亮，一到傍晚，房间里就骤然变暗了。佐衣子打开灯，站到了梳妆台前。和丈夫相差十岁的年龄——三十二岁的身体开始容易喘粗气了。佐衣子觉得一天什么也不干，只待在家里是不行的。

后乐园那里之前去过一次，当时也是和直彦一起去的。婚后不久，应该是在七八年以前。那时候，看的是拳击比赛，因为丈夫让去就跟随去了而已。主角好像是个全日本冠军之类的大名鼎鼎的选手，但是佐衣子却是第一次听到那个名字。那时候也是，直彦坐在拳击台前排座位上，一边目不转睛地看，一边小声地自言自语，到了一决胜负的时候，就来回挥动胳膊。

比赛结束后，直彦问："很精彩吧？"可是佐衣子却觉得，那样互相斗殴的男人们也好，看着比赛激动不已的丈夫也好，神经都不在正常水平上。

化了个适合晚上的稍微浓一点儿的妆，穿了黑底的夏盐泽 ① 配织缀带子 ② 的和服，不用丈夫说，佐衣子也打算穿和服。也许穿和服去看棒球赛并不合适，但是佐衣子去球场并非为了

① 夏盐泽，盐泽地区所产的适合夏季的绢丝织物，以纺织技术精湛出名。
② 织缀带子，一种以缀织技术织出花纹的夏天服装上用的高级质地的带子。

看棒球赛。

因为太热了，所以晚上出门乘个凉。乘凉地是球场，丈夫也在。仅此而已，佐衣子又一次这样提醒自己。

佐衣子不喜欢一遇到信号灯就停的慢吞吞的出租车，只闻一闻汽车尾气就感觉头疼。虽然丈夫好心地让打车，但是她却选择了坐电车。

到达后乐园时刚过七点。一走出车站来到人行桥，正面的光漩便吸引了佐衣子。当看出其中像散落的小珍珠一样密密麻麻的竟是一个个的观众时，她再次震惊了。十年没来这里，看台也好，周围的景色也好，都已经今非昔比了。

能行吗？

这不熟悉的光景让她有点儿底气不足，内心微微有些不安了。座位应该是特别专座，和丈夫紧挨着的。

今天早上直彦出门的时候，说过从正面进来就可以了。佐衣子抬头看着圆顶建筑的上方，缓缓地向前走着。有人挨着佐衣子的肩膀跑了过去，也有人在慌里慌张地寻找入口。几乎尽是些男人或者少年，穿和服的女人就像走错地方一样不合时宜。佐衣子觉得有些羞耻。

圆顶建筑伸出的一个角上有个入口，上面写着"网内特别专座"。

玉虫

大概是这里吧。

佐衣子又一次抬头看了看入口，确认了一下。圆顶建筑中，欢声如沸。

"您要票吗？"

这时候，肩头传来一个男人的声音。佐衣子回头向声音传来的方向看去。

"还有好位置呢……"男人说到这里，声音骤然低了下去。

一个身穿白色衬衣，脚穿凉鞋，像野鹤一样瘦削的男人站在那里。男人的面孔在佐衣子的脑海里渐渐苏醒了过来。

"您是？"

"……"

"是有津先生吗？"

佐衣子总算说出了这么一句。男人依然盯着佐衣子看。

没有油迹的头发下面的那双眼睛在闪着异样的光泽。

"我是上原……"

佐衣子说这话的时候，叫作有津的男人神色有些迷茫，不过视线很快转向了一边。男人手里拿着欲出售的票。

迟来的观众从两人旁边络绎不绝地穿过。有四五个票贩子赶紧靠近他们，跟他们搭起话来。

"好久不见。"

"是来看棒球赛的吗？"有津的声音既干涩又毫无平仄，不像是一个面对面的男人在说话。

"是的。"佐衣子终于恢复了平静。

"有票吗？"

"嗯。"有津点点头，开始慢慢向广场方向走去。佐衣子紧随其后。

圆顶建筑内又一次欢呼声四起。在大家都向入口处靠近的时候，这两个人却向外面走去。

右手边有一个游乐场，那里也人满为患。有津在它前面站住了。

"不看棒球赛吗？"

"不……要看。"佐衣子有点儿狼狈。

"接下来正是好看的时候呢。"

有津用眼睛扫视了一下入口方向，仿佛在说去吧。

佐衣子的眼前是男人的脖颈，脖颈中央有一道短短的横向伤痕，长长的脖子上只有那道黑乎乎的伤痕隆起着。有津像是知道佐衣子在看他一样，故意将头扭向了一旁。

"已经有十年了吧？"

"是啊。"

"真没想到能在这样的地方见到您。"

佐衣子的头只到有津的肩部，她不知道有津的视线在自己的头部上方看什么。

"我和老公时常聊起您。"

有津好像瞬间笑了，不过又好像只是佐衣子想多了而已。有津的视线依然在远方，佐衣子叹了口气。

"打算怎么办呢？"有津的伤痕暴露在外，接着说道，"还是快点儿去好吧。"

"那个……"

佐衣子从手提包里取出笔记本和钢笔，站在那里写好了住址和电话号码。

"我们现在住在这里。"

她撕下纸片递给了有津。有津看了一眼后，把它塞进了裤兜里。

"欢迎您有空的时候来玩。"

"谢谢。"

有津的声音仿佛和脸上的表情没有半点关系。佐衣子不再说话了。有津深沉的茶褐色眼睛既像是在望向远方，又像是在看着佐衣子。

后方又传来一阵欢呼声。佐衣子想起了在欢呼声中激动着的丈夫，可是却感觉那像是极其遥远的无缘之物。

"快去吧。"有津又催促了一遍。

佐衣子再次抬头看了看有津，说道："那么再见了。"

有津点了点头，眼神不知在看向哪里。佐衣子轻轻点点头，向正面入口走去。她一面往回走，一面心想：他在看自己的背影吧。一想到这里，走法陡然变得不自然了。她想赶紧混进人群当中，可是到入口那里的人却又不太多。

一直走到卖票的附近，躲在四五个年轻男子背后时，佐衣子才回头看去。谁知，以为在看自己的有津已经不见踪影。

二

整个晚上，佐衣子都没有跟丈夫说起有津，并非是有意隐瞒，确实是不知如何开口、如何说才好。

佐衣了说起有津是在第二天的早晨，直彦在吃早餐的烤面包和火腿鸡蛋时。

"你说他现在是票贩子？"直彦将读了一半的报纸放在一边，抬起头来问道，"确实是有津吗？"

"我还和他说话了。"

"他什么样子呢？"

"还是老样子，很瘦，眼神很犀利。"

没有说他穿着白衬衣和凉鞋。

"脖子上的伤痕还有吗？"

"和以前一样。"

直彦嘴角耷拉着，频频摇晃着胖胖的脑袋点头。

"开始干些不三不四的事儿了啊。"

十五年前，有津曾经是两人共同的好友。他和直彦是大学同学，也是同期进的 K 物产。佐衣子认识有津是在她和直彦相亲并订婚之后。

直彦介绍说这是自己的同期好友，但是有津只是跟她轻轻对视了一眼，什么都没有说。把对方看作好友的只是直彦，有津看似并没有多少亲密的感觉。自那个时候开始，有津就具有和直彦正好相反的瘦削体形和犀利眼神。近一米八的个头儿骨骼突出，十分消瘦，感觉像是好不容易才支撑住身体一样。说话时只做最简略的问答，不必要的话一句也不说。一副心里有事的样子，佐衣子猜想。

这个猜想正是一猜就中。两人婚后一个月时，有津和酒吧里的一个女人一起殉情未遂。听说对方是一间叫作 TIRORU 的酒吧的头牌，以美貌著称。女人喝了药，有津不仅喝了药，还用剃须刀割了右边的颈动脉。女人死了，可是有津却不知道是否是药物导致意识朦胧之故，只割开了静脉，又因为所割的那边头朝下伏在榻榻米上，避免了因失血过多而死。据说尽管如此，他的脸周围的血还是像糨糊一样糊满了一片榻榻米。后来听说是流血使安眠药的吸收减缓，让他捡回了一条命。

当事件浮出水面时，所有认识有津的人都感到不可思议。女人如何暂且不说，沉默寡言、眼神冷峻的有津居然会自己割喉和女人殉情，简直无法想象。听说那件事之后，佐衣子也是马上产生了这个疑问，猜想是不是他的内心深处藏着从外表看不出来的痴情，可又觉得想不通：在这个自由时代还会有什么不得不殉情的理由？听直彦说，有津和那个女人之间的关系，和有津关系好的人几乎都知道，周围的人也并没有特别反对。有津自幼父母双亡，也不存在父母的反对。

治好伤以后，有津从公司辞职了。虽然发生这样的事儿对一个商社职员来说是可耻的，但是也不至于到被开除的程度。所以，大家对他的干净利落又一次瞠目结舌。

有津不是殉情，而是被女人强行灌了药，趁其睡着之际割喉的，这个传闻在有津辞职一个月左右传出。而这个消息据说还是死去的女人的同事跟有津的上司透露的。照这个上司的话来看，好像那个女人也是因为喜欢有津，一心想让有津回公司复职才跟他说的。不过，听说情况似乎属实。

好像只要有津说明白自己不是殉情，上司就打算让他复职的。虽然事情并不光彩，可他并不想仅仅因为这个就毁掉一位青年才俊的前途。实际上，有津从大学时代就成绩突出，是孜孜不倦、勤勤勉勉的努力型的直彦直到毕业也无法匹敌的。

从公司辞职后，有津每天无所事事。他的顶头上司直接找到他，跟他确认女人所说的事情的真伪。谁知，有津听了上司的话后，只回答了一句"是殉情"。"殉情也不要紧，想不想回来上班呢？"上司都这么劝说了，但有津还是回答"不想回去"。

"也许是为了袒护那个死去的女人才那么说的吧，那个傻瓜。"那时候，直彦目瞪口呆地说，"那家伙不找良家妇女，尽惹些不干不净的女人。我跟他说过不要招惹那样的女人，可他就是不听。"

直彦叹了口气。

被一个女人割喉、盘桓在生死线上，又马上被另一个女人爱，这个有津到底是怎样的一个男人呢？比起是否复职，佐衣子更在意这些。

"你说过在那件事之后，他去别的什么地方工作了吧。"

"听说是在一家证券公司工作过的，不过好像也是干了一两年就辞职了。后来又听别人说，在电气器具的小卖店里做过，在横山町附近的纤维批发商那里也做过。"

决定辞职之后，有津有一次在晚上很晚的时候跟着直彦来过家里，不过仅仅住了一个晚上，第二天一早就走了。那还是佐衣子他们住在离中野娘家很近的公寓的时候。有津穿着白衬衣和西装，手里没拿任何东西，也没有系领带。推算一下，那之后已经过去十一年的时光了。

"堕落了。"

直彦无限感慨地嘟囔道。从前途一片光明的一流商社员工到现在这个地步，这样来看的话，也许确实如此。但是，佐衣子觉得并不能如此单纯地断言。

"看上去也不像是堕落的样子。"

"但是，不是在做票贩子吗？"

"可是他好像还是光明磊落的样子啊。"

"这就是那家伙的恶习啊。那时候也是，老老实实地低头，照着科长所说的去做就行了，也不是什么非得辞职不可的事儿。他却非要逞强，说出那样的话。虽然脑袋很好使，却不会这样的算计。"

不会那样算计的男人也没什么不好啊，佐衣子心里的想法和丈夫不同。

"事到如今，后悔也晚了。"

"他是在后悔吗？"

"肯定在后悔啦！心里想糟糕了，所以才没法到我们跟前的。"

"或许正好相反，是感觉自由自在、一身轻松了呢。"

"堕落成票贩子了，有什么轻松的？"

是那样吗？似乎真假难辨啊。佐衣子感觉好像无法用自己的尺度衡量有津活着的世界。

"年轻的时候还好说，但如今都这个年纪了，现在奋斗已经晚了。"

听说有津和丈夫同岁，所以今年应该是四十二岁。直彦与年龄相称，身体发福，气派十足。可是，有津却越发消瘦，相貌和眼神更添一分犀利。年龄都在增长，但是两个人却好像在朝着完全不同的方向老去。

"他还没有结婚吗？"

"不知道。不过做那种买卖的话，大概还是一个人吧。"

佐衣子边问边在内心确信了有津没有结婚。没有什么特别的理由，只不过是女人的第六感而已。不过，她很有自信。

"但是，毕竟是那个家伙嘛，应该不缺女人的。"

有津看上去不像是有女人气息的男人，昨天也是那样的。不过，十二年前初次相逢时也是一样的，让人感觉他只是一个单身男人，但是因为事件而浮出水面的却是截然相反的结果，只能认为他是被投进了各种各样的女人窝，被搞得一塌糊涂了。从这个意义上讲，丈夫说的也没错。

"为爱情赌上性命这种傻事，女人的话倒还好说，男人却是不成体统了。男人还是以工作为生，才成体统。"直彦自信满满地说道。

"但是，他是赌在女人身上了吗？"

"是的，他选择了女人，而不是工作，所以才发生了那样的事儿。"

这倒是真的。不仅是直彦，当时所有人都是那么认为的。不过事到如今再想一想，感觉那好像只是把表面的景象合拢在了一起而已，事情似乎另有隐情。有津没有解释。解释就能办好的事情，因为不去解释反而变得难办了。他的沉默让人生气、让人憎恨。真是个讨厌的男人，佐衣子心想。

"你不会和他说了我和家里的事儿吧？"

"不，没有。"

佐衣子抬头看了看丈夫。

"总而言之，幸亏我没有碰上。事到如今再恬不知耻地跑到我们家里，拜托什么关照工作之类的话可就麻烦了。"

"怎么可能呢？"

佐衣子说着，忽然糊涂了，不明白自己为什么要写住址和电话给他。

"人一旦堕落，是不知道会做出什么事儿的。"

很符合直彦谨小慎微的性格，正是这一点成就了今天的直彦。

"还要咖啡吗？"

"不要啦。"

直彦喝完最后一杯咖啡后，点了支烟。昨天的晴空仿佛是谎言一样，早上又开始了阴云笼罩的梅雨天气。玻璃门开着，放眼望去是院子里枝繁叶茂的树木。阵雨欲来的阴暗中，绣球花的紫色越发浓郁了。

两人一沉默下来，家里便寂静无声了。夫妇两人的生活，太过安静了。过于安静地看着院子，让人困窘，佐衣子心想。

三

特别平凡的一个月过去了。

直彦每天早上九点出门，大多在晚上十点或者十一点多回来。一周的大半时间都会喝酒，虽然回来时红光满面，却不会烂醉如泥。宴请客户的时候，他一般是被部下或者同事送回来，不过偶尔也有自己一个人回来的时候。虽然他的西装口袋里经常会掉出带有料理店和酒吧名字的火柴盒，但是他身上并没有其他女人的迹象。这一点有津应该也是一样的，但是实际情况却恰恰相反，佐衣子心想。

喝了酒回来之后，直彦一般马上就睡着了。偶尔能赶上棒球赛夜场，他便换上浴衣躺在沙发上，可连一场都没有看完就睡着了，只有电视画面在跳动着。直彦一睡着，家里又变成佐衣子一个人的了。

佐衣子想起了有津。也许有津正站在观众越来越多的看台后方的广场上。

有津的身影似乎与奔跑的选手、飞远的棒球、欢呼的观众没有任何关系。想到画面里面的那个人和自己是毫无关系的两个人，佐衣子感觉奇怪而悲伤。

自那以后，有津从未跟他们联系过。从一开始就知道他不是一个会主动联系别人的男人。这一点，比起直彦，佐衣子的直觉更为准确。但是，明知道不会联系，她还是焦虑着。太干脆利落了。纱门前方是黢黑的庭院，所有东西都一动不动。黑暗中，佐衣子看到了黑色的伤痕，喉结突出，青筋暴露。那是被手腕高明的女人纠缠、切割后留下的伤痕。白净的身上，只有脖颈的伤疤像炫耀似的凸起着。

可恨，佐衣子想。

两个月过去了。直彦去了大阪，出差三天。

在好像被触到伤口不由得怒上心头一样的感觉中，佐衣子睁开了眼睛。时间是梅雨天阴暗的清晨六点，一切都在黎明中沉睡。佐衣子独睡时梦见了有津，这让她感到羞耻。

乌云一直低垂，下午温度开始升高。佐衣子的身体在炎热与湿气中逐渐燃烧起来，明知会被欲火焚烧却还是忍不住投身火海。树叶颜色渐渐发暗，傍晚来临。

"这么热的天，去夜场看球乘个凉吧。"

对着梳妆台，佐衣子无数次这样自说自话。这次也穿了和服，藏蓝色罗和服上又系上了罗带，整体打扮得十分素雅。票从有津手里买就行了。一切都是因为天气太热，佐衣子想。

七点二十分到达后乐园。佐衣子好像轻车熟路一样，从正面入口处一垒侧的内场观众席、外场观众席到三垒侧，围着圆形场地转了一圈，又回到正面。不见有津的身影。

两三个票贩子倚靠在入口的栅栏处，眼睛看着与周围环境格格不入的佐衣子。其中一个身穿红色短袖衫的男人靠过来问道："太太，要买票吗？"

男人虽然留着胡子，却不过二十五六岁的年纪。

"已经开始很长时间了，给您便宜点儿。"

"请问，有津先生在吗？"

"有津？"男人用探查的眼神看着佐衣子，"您说的有津，是指伸哥吗？"

"个子高高的、瘦瘦的。"

"那就是伸哥了。他今天已经不在了呢。"

"回去了吗？"

"你是伸哥的熟人吗？"

"嗯。"佐衣子低头答道。

"等一下啊，也许还在附近呢。我帮你找一下。"

年轻男人说完，马上跑向游乐场。佐衣子将身体靠在电视转播车的背后。

酷暑停滞在圆顶建筑的背阴处。没有风，只有天空炽热灼红。真是一个奇怪的场所，佐衣子对自己身处这样的地方感到不可思议。她觉得这和自己的意志无关。

"在这边呢。"

听到声音抬头一看，年轻男人跑回来了。

"果然是在游乐场那里呢。"

"不好意思。"

"能帮上忙就好。"男人似乎有些意味深长地笑道。

有津径直从游乐场走了过来。高高的个子，白衬衣加凉鞋，一看就是他，没错。佐衣子从转播车后面走到广场。

"是你啊。"

有津并没有特别惊讶的样子。

"上次失礼了。"

"没有。"

有津环顾四周，像突然想起来一样问道："是来看棒球赛的吗？"

"嗯……"

"不凑巧，我的票全都卖完了。我给你问问他们筹措一下吧。"

"不用了，没有就没有吧。"

"但是，那样就看不了了啊。"

"没事。"

"那怎么办？"

"您今天的工作已经做完了吗？"

"我这边是随时都可以开始，随时都可以结束的。"

有津将左手插进口袋，缓缓踱起步来。游乐场那边，球打中了靶子，传出很大的笛声。

"这个点您总是在这附近吗？"

"有时候在，有时候不在。"

"我在外侧观众席转了一圈。"

"问问我那些同伴就知道了。"

佐衣子和有津并肩而行。在明亮的光波延长线上，左边是一排食堂，右边是一片游乐场。不知是否是天热的缘故，出来玩的人比一个月之前还多。

"话说，你打算怎么办呢？"

来到通往水管桥的人行桥下，有津站住了。

"看棒球赛吗？"

"不。"

佐衣子注视着有津的脖子。咕噜咕噜转动不停的霓虹灯下，那伤痕一会儿变红，一会儿变白。球击中靶子的笛声再次响起。

"您若方便的话，请带我找个地方吧。"

有津沉默着，眼睛直盯着佐衣子。依然是那双冷峻的茶褐色眼睛。

"因为太热了才出来的。"

佐衣子说完又暗暗跟自己强调了一下，确实是因为这个理由来的。

"走吧。"

有津没有上人行桥，而是走向大门前的道路。

一辆刚刚下完客人的空车很快在眼前停下来。

"浅草。"有津道。

佐衣子透过车窗看着窗外，热气仿佛化身为不断驶过的火浪。有津深深地坐在座位上，眼睛直盯着前方。

"去浅草哪里？"司机问道。

"到雷门就行了。"有津答道。

佐衣子不开口，有津便什么也不说，只有在被问到的时候才会答上一句。这个人一直都是这个样子啊，佐衣子心想。

有津快步走在从仲见世转入的小道上。刚诧异怎么来这样的地方，就到了一家挺大气的生鱼料理店。有津喝着酒，点了生海螺。佐衣子要了拍松的竹荚鱼肉。

在这里，有津也被称为"伸哥"。

"您经常来这里吗？"

"跟老板娘认识点儿。"

佐衣子直起身环顾了一圈柜台。三个厨师旁边的角落上站着一个身穿和服、三十岁左右的女人。虽然微胖，可眉眼清秀。

"是那位吗？"

"是的。"有津没有回头，一边动筷子一边回答道。

老板娘的视线一闪一闪的似在燃烧。他是怎么想的呢？佐衣子重新看了看有津。

走出店门的时候，佐衣子有些醉了。仅仅喝了三杯就这样，真是罕见。转过两条小路，到了浅草寺内。灯火通明中，中间位置有一块很大的幕布垂下来，上书"昆虫市场"几个大字。

货摊周围热闹非凡，有很多拖家带口出来玩的人。只有两个人似乎不太适合逛昆虫市场，不过有津毫不在乎地往里边走边看。

有蝈蝈儿和金钟儿在售卖。

"最近的昆虫笼子都是塑料的了。"

有津用手摸着笼子的边缘说道。对于没有孩子的佐衣子来说，这还是第一次知道。

"以前是竹子做的笼子。"

昆虫笼子一抓就陷下去了，弹力太大了让人不适应。笼子里面装的是玉虫。

金绿色的光泽上面，两根鲜艳的红紫色粗条纵向穿过身体。光线中，它像最新锐的机关枪一样的身体正闪闪发光。佐衣子小的时候，曾经在蓼科抓过这种虫子，把它包在棉花里收进箱子，感觉好像是收藏了宝石一样开心。

"要不要买一个呢？"

"和你很像。"

"和我？"

　　有津一脸认真地点了点头。笼子中间铺着桑叶，上面配有两只玉虫。他提溜着笼子穿过了院内的黑暗处。

　　"要不要去我家坐坐？"

　　"近吗？"

　　"很近。"

　　有津虽然说着话，但是步伐并没有改变。从一开始就没有去听佐衣子的答复，真是个任性自我的男人。佐衣子生气了，一边生气一边跟在有津的后面走着。

　　有津的住所在三楼，有两个房间，厨房和里面那一间通着。里面的空间有八个榻榻米大，床边有一个坐桌，墙边放着一个书架和一个衣服箱。厨房里仅有一个小餐具柜。一看就可以明白这里是一个单身男人居住的地方，不过房间收拾得十分整洁。

　　"好热。"

　　一打开窗户，就见到一个一间屋子大小的阳台。各种光波中能看到一个高高的圆柱子。那个圆柱子周围还有一个大一圈的圆环在动。

　　"那是什么？"

　　"花园的展望塔。"有津一边解白衬衣的扣子一边答道。

　　"那么，它的下方就是浅草寺了吧。"

"右手边应该能看到仁丹塔。"

正如有津所说，红彤彤的天空的一点，能看到一座闪烁着白色光芒的塔。明明离热闹的浅草中心街不到十分钟的路程，这个地方居然这么安静，令人不可思议。

"你要不要喝点儿呢？"

有津从餐具柜里拿出了酒瓶和杯子。

"已经喝不动了。"

"凑巧没有果汁了。"

"什么都不需要。"

"还是先倒上点儿放着吧。"

有津往加了冰块的玻璃酒杯里倒进了威士忌。

"您住在这边很久了？"

"这里是从三年前开始住的。"

有津盘腿坐着，嘴巴抿了一口冰镇酒。

"您喜欢浅草吗？"

"不想离开啊。"

微风吹响了窗边的风铃。佐衣子环顾了一眼房间。房间里除了必要的东西其他什么都没有，摆设极其简洁。

"把那个放到桌子上好了。"

有津用手指了指佐衣子膝盖旁的昆虫笼子。桌子上只有

玉虫

一个玻璃烟灰缸。离光线近了，玉虫好像害怕似的一动不动。

"有个迷信的说法，把这种虫子收藏在衣服箱里的话，衣服就会越来越多。"

"真的吗？"

"它叫作吉丁虫，总之是一种很吉利的虫子。"

"要是能带来好运就好了。"佐衣子将脸靠近昆虫笼子说道。

"据说法隆寺的玉虫厨子，用了整整一千二百八十二只玉虫的翅膀来装饰，铺了满满一片。"

"装饰的玉虫是活着的吗？"

"好像它们的上面被金铜色金属透雕的蔓藤式花纹盖住了。"

很美，却又很残酷的故事，佐衣子心想。

"御伽草子①的歌物语里面出现的玉虫姬是一个被很多王公大臣争相追求的美人。从来就不缺美丽的传说。"

"被我这种平凡的人养着太可怜了啊。"

---

① 御伽草子，室町时代（14世纪中叶到16世纪末）出现的大众小说统称"御伽草子"。它的出现标志着平民阶级的物语体裁登上文坛和长期占领文坛的贵族文学进一步衰落。御伽草子的作者不再是那些宫廷贵族，而是市井人物，题材也多为民间故事和鬼神传奇等。

"也有人说以前的女人都把它收在镜箱^①里，用作媚药。"

"……"

"御店女中^②一旦有什么情况自绝性命时，用的毒药也是这种虫子。"

"这里面有毒吗？"

"好像会让人全身痉挛而死。"

好可怕，佐衣子心想。正因为其绚丽有光彩，反而更增加了一层瘆人的气息。

"不要再谈玉虫了。"

有津的脖颈离得很近，伤痕滚滚刺目。

有几个人触摸过那道伤痕呢？触摸过的女人都坠入地狱了。伤痕中，佐衣子看到了那些坠落下去的女人愉悦的笑颜。

"不要……"

佐衣子一面低呼，一面看到了坠落下去的自己的容颜。

---

① 镜箱，古时也称"妆奁"，分高低两种。高镜台类似专用的桌子，台上面竖有镜架，旁设小橱，镜架中装有一块铜镜。低镜台一般放在桌案上使用，形体较小，镜台下面设有几个小抽屉，台面上装有围子，台面后部装一组小屏风，屏前有活动支架，用来支撑铜镜。也有的镜台不装屏风和围子，而是在台面上安装箱盖，打开箱盖，支起镜架，即可使用。

② 御店女中，侍候在皇宫、将军府、大名府上的丫鬟、奴婢。

四

一早开始就酷热难当。

无论天气多么炎热，直彦都不会苦夏。他从早上开始就想吃米饭，但是这些年眼看着胖起来，血压据说有一百八了，所以没有办法，早饭只好用咖啡和色拉垫补一下。

与直彦相反，佐衣子最近瘦了下来。梅雨那阵有四十九公斤，如今却降到了四十七公斤，跟接近八十公斤的丈夫之间相差了三十多公斤。

"你好像瘦了点儿啊。"

本以为直彦一直在看报纸，不知何时他却在看佐衣子了。

"是吗？"

"没有食欲吗？"

"不是的，吃得很好的。"

"是不是有什么烦心事？"

丈夫滑溜溜的脸朝着佐衣子。

"不是的，没有那回事儿。"

"偶尔去外面吃点儿？"

"在家里吃更自在。"

"但是，一天都待在家里的话，估计会心情沉重吧。"

"也有很多好处的。"

"那就好啊。"

"也许是苦夏吧。"佐衣子收拾着丈夫用完餐后的桌面，说道。

"只要身体没有什么不舒服就好。"

可能是因为自己肥胖，直彦喜欢苗条的女性。从这一点来说，他对于妻子的纤瘦并无不满。

"今天几点回来？"

"在赤坂有个聚会，大约十点吧。"

直彦所说的时间一般比较准。正好九点时，车来了，他出门了。

佐衣子一个人的时间再次来临。

真的瘦了啊。

站在镜子前，佐衣子用手摸了摸双颊。确实肉少了些，下颚好像有点儿尖了。

似乎跟那个人越来越像了。好可怕，佐衣子想。

已经过去快半个月了，有津没有跟她联系过。并没有说好一定会联系，所以，也确实可以说这是理所当然的。

只是在分别的时候，佐衣子说：

"下次有空的时候，请往我家里打电话吧。"

"从早上到晚上九十点钟，几乎都是我一个人。"

又那样追加了一句，可有津只是点了点头，既没有说要打，也没有说不打。即使身体和他结合了，心理上也没有感觉到跟他接近了。

佐衣子看着房檐下挂着的昆虫笼子。盛夏以来，玉虫越发有光彩了。

看着虫子，佐衣子得以打发了近一个小时的时间。那期间，不知道是否是感觉到了自己在被人盯着看，虫子行动缓慢。

"玉虫和你很像。"有津说过。

有津所说过的多余的话，唯有这一句。

美丽而又吉利的虫子，这一点佐衣子也知道，有津也这样说过。不过，佐衣子忘不了的是：它既能当媚药，又能做毒药。

他所说的像，也许指的是那个吧。

佐衣子又想起了有津冷峻的茶褐色眼睛。

有津说过，他确定会在后乐园的时间是有巨人战的傍晚五点到七点。周六的今天也有巨人战。丈夫说了要十点回来，去见见有津、喝个茶的时间还是有的。

上午产生的想法到下午依然不散。到必须要定下来还有时间——佐衣子的估计过于乐观了。

傍晚，买回食材时已经五点了。要去的话，必须在三十分钟内决定下来，佐衣子犹豫不决了。

她特别缓慢地剥着豌豆荚，焯着菜。

五点半过后，佐衣子轻轻叹了口气。现在开始化妆，再穿上衣服去的话，就太晚了。即使他在，也必须去游乐场或是其他地方才能找到他。

到六点时，佐衣子已经完全放弃了。既有抑制住了欲望的骄傲，也有错过了机会的惋惜。就像要补偿自己的犹豫一样，佐衣子开始专心等着直彦回来。

当晚，直彦久违地来找佐衣子亲密了。直彦进来的时候，佐衣子想起了有津，心想就要坠落下去了。可是，直彦尽兴之后，佐衣子却在微醺半醉中，被扔在了一旁。

感觉不到和有津一起坠落时所体验的那种快感，那种油然而生的如同撕咬伤口一样的快感。佐衣子未曾平息的感觉融进了身体，做了一个让自己都感到震惊的淫荡的梦。

那之后又过了一周，在八月的中旬，佐衣子几近放弃的时候，有津的电话突然来了。

"喂喂，"只听到那个声音，佐衣子就知道那是有津，"晚上能出来吗？"

"今天晚上吗？"

"七点半，在后乐园右手边的那个咖啡馆。"

原本就低沉的声音在电话中听起来更加沉闷了。

今天早上没有跟直彦确认回来的时间，反正肯定不是十点就是十一点。七点半见面，假设之后去浅草，待两个小时，回来再早也得过十点了。上次是丈夫出差了，今天却不一样。

"不行吗？"

有津又问了一遍。

"我去。"

"那么一会儿见。"

电话就此挂断。挂断之后，佐衣子才惊讶于自己做了个多么大胆的决定。

时间是下午四点。

一打电话直彦马上接了。

"今天我大阪的朋友突然来了，就相约一起去银座玩了。"

"是吗？那很好啊。"

直彦的声音大得直震耳朵。

"所以，回来可能会在十点左右。"

"知道啦。我也会在那个时间回去的。"

直彦的毫不怀疑让佐衣子感到痛苦。

四点开始准备的话时间很充裕。到附近的美容院简单做了一个头发，穿上了和服，把带子系得紧紧的。收紧身体让她感觉舒服。

六点时锁上门出发了。日间的热气依然残留在院子里的树丛间。不喜欢打车的佐衣子朝电车车站走去，身体变得轻如飞燕。这个变化是怎么回事儿呢？佐衣子忽然感觉有些羞耻。

佐衣子七点半到达咖啡馆，有津早就来了。然后两人像理所当然一样去了浅草，进了有津的房间。

一个月，仿佛忍耐已久的东西一下子喷出来，佐衣子的身体尽情地燃烧着，兴尽后都有些不好意思抬脸了。

有津起身穿上浴衣，拿来冰镇酒坐到了桌前。佐衣子慌忙拿衬衫缠在身体上，抱起被脱掉的衣服躲到厨房兼餐厅的一角。

在佐衣子穿衣服期间，有津独自喝着酒。

"有好几次都想去球场看看的。"系带子时，佐衣子隔着拉门说道。

"这段时间请先别来球场了。"有津突然回答说。

"啊？"佐衣子系带子的手停了下来。

"为什么呢？"

"我说的是不能来了。"

这个男人只会说"来"或者"不来",不会说为什么的。

"您已经不在那里了吗?"

"也不是那样啦。"

"那么,今后我想见您的时候去哪里找好呢?"

"我联系你。"

"那样太令人不安了。"

只等着对方联络太痛苦了,佐衣子心想。

"但是,我是不固定地方的。"

"往这里打电话不行吗?"

佐衣子已经看到有津房间入口处安放着的电话了。

"打电话我也不在的。"

"不在也没事。"

"还是不要打的好。"

"不,我要打。"

说完,佐衣子被自己响亮的声音惊呆了。

"可以吧?"

"不行。"

有津又倒上了酒。

"我会打的。"

一面穿衣服，一面觉得搞不懂自己：为什么会脱口而出这样的话呢？是一种想使劲摇晃着有津的身体撒娇的心情。

"穿好了我送你回去吧。"

有津依然背对着她说道。

五

一个月没有收到有津的任何联络。

是不是工作场地变换了？或者是去了乡下？完全无法预料有津在做什么。

无计可施，佐衣子只好看着玉虫度日。金色身体上的紫条渐渐变红了，颜色越发鲜艳了起来。

在观看玉虫颜色的变换中，佐衣子的身体被欲火焚烧了。那火直透心底，上下扩散。

佐衣子拿起了话筒。不，还是这样描述比较恰当：不是佐衣子的头脑，而是她的身体让她拿起了电话。

电话盘转动后，呼叫音被打断，佐衣子屏息凝神。

"喂喂。"

一个很小的声音接起了电话，是个女人的声音。

"喂喂、喂喂。"

声音再一次在听筒中打转。佐衣子挂断了电话。

难道是打错了吗?

她想了一会儿,再次拿起了话筒,一边确认着记下的号码一边拨动着电话盘。佐衣子等待着。

"喂喂、喂喂。"

声音跟之前的一样。听到两次后,她放下了电话。

他那里有个女人。

这是预料之中的事情。一直认为可能性很大,自认为已经做好充分的思想准备了。明明是这样的,可它一旦成为现实,佐衣子就慌乱不堪了。她心乱得无以复加。

佐衣子缓缓地却又很明确地意识到自己堕落了,好像明白了那个让有津吞了药、又割了他喉的女人的心情了。

女人们的脸都一样地苍白,只有眼睛里闪烁着异样的光泽。那既像是自己的脸,又像是一个病人的脸。嫉妒第一次在佐衣子心中扇动起翅膀。

不知是否是天变短了的缘故,五点半时院子里已经暮色重重,只有屋檐前的鸡冠花在争妍斗丽。

这样好啊,这样就可以干净利索了。

佐衣子如此叮嘱自己说。

当晚,直彦很罕见地七点回来了,洗完澡吃完晚饭,躺在沙发上打开了电视。

棒球节目。佐衣子在丈夫对面的椅子上坐下来，织着花边，忽然注意到这才是一直以来的生活。

棒球赛的画面消失了，插播广告的时间到了。

"有津在那之后再没有联系过你吗？"直彦像突然想起来一样问道。

"嗯，没有。"

"是吗？"

"听到什么消息了吗？"

"没有，什么也没有听说。还在当票贩子吗？"

"谁知道呢。"

画面依然是棒球赛。直彦说道："你是不是和那个男人见过面？"

"我……"被这么出其不意地一问，佐衣子声音沙哑，"您觉得我会做这样的事情吗？"

"因为你以前就对他很关心啊。"

"怎么可能……"

"那家伙一来，你就精神起来。"

"那是因为他是个快活的人。"

"那可不是个快活的男人。"直彦熄灭了烟，"是个瘆人的人，总之是个让人捉摸不透的男人。"

"我只是问了问他的事儿而已。"

"你的眼神在说起他的时候可非同一般。这一点现在也是一样的，而且现在比以前还热烈。"

"你说什么呢？！"

"你以为我没有感觉到吗？"

佐衣子第一次感觉到直彦的可怕。

"请不要找碴儿乱说！"

"是吗？是找碴儿啊，要真是找碴儿我也高兴啊。"直彦轻轻歪着他白白圆圆的脸，"话说回来，那个男人还想工作吗？"

"您要干吗呢？"

"K 物产要开设子公司了，我在想他想不想来上班呢。"

"这个嘛，谁知道呢？"

"那样下去可是一事无成。"

不知为何，佐衣子并不想让有津重返正业。

"事到如今了，还能在公司干得了吗？"

"那倒也是。"

十分罕见，直彦居然顺从地点了点头。

"也许黑社会的生活已经深入骨髓了。"

"黑社会？"

“是的，黑社会男人。”

佐衣子感觉到自己在微微颤抖。

男人若是黑社会，那么被男人吸引的女人算什么呢？“我也从有津那里接收了黑社会的血液吗？”佐衣子想到了御店女中喝的玉虫之毒。

“不要乱发什么菩萨心肠！”

直彦依然正面盯着她说道。

有津打来电话是在又过了十天后的下午。

“今晚能见面吗？”

有津的电话一如既往地唐突。

“您去了外地吗？”

“嗯。”

让人等了一个月以上，佐衣子想说句抱怨的话。

“七点到涩谷吧？”

“涩谷？”

“犬八公前面。”

佐衣子想起了直彦白胖圆脸上的笑容。

“好的。”

说完事儿电话就挂断了。

佐衣子记起十天前，往有津家打电话时听到的那个女人的声音。明明知道他的屋里有个女人，却还去相会，这是很痛苦的。不过，她很快意识到那与其说是痛苦，不如说是愚蠢。

直彦没有说几点回来，什么都不说的时候一般是在九点左右。到涩谷还是比较近的，在咖啡馆见见面就回来吧。

六点时一切准备妥当。三十分钟后，佐衣子出门了。

残暑只在白天炎热，一到傍晚，便像突然泄了那股劲儿似的。犬八公前面等人的年轻人熙熙攘攘。佐衣子往广场中央走的时候，有个男人从左肩方向靠过来，是有津。

大半个夏天没有见面，有津的脸反而看上去略显苍白。

"今天没有多少时间，我们去附近找个咖啡馆坐坐吧。"

"两个小时左右行吗？"有津问道。

"不，八点前我必须回去。"

像被人流推动着一样，两人过了十字路口。过了路口左边有一家咖啡馆，有津走了进去。

"要点儿什么？"

"果汁。"

佐衣子一回答完，有津便问服务员："有威士忌吗？"

"嗯，三得利。"

"那个就行，给我来杯加冰块的。"

　　服务员点了点头。有津这次十分稀罕地穿着皮鞋，手里拿着西装，但是白衬衣上没有打领带。

　　"我一直在等您电话呢。"

　　说完，佐衣子为自己的软弱惊呆了，生气了。可是，另外一种埋在内心深处的情感得到了缓解。

　　"因为我休息了一段时间。"

　　"是哪里不好吗？"

　　"胃有点儿不舒服。"

　　"怎么治的？"

　　"切掉了。"

　　"切了？在医院里……"

　　"呀，没事，已经好了。"

　　有津轻轻啜了一口服务员拿来的威士忌。

　　"不要紧吗？"

　　"不说这个了，必须要八点前回去吗？"

　　佐衣子看了看表，时间是七点十分。

　　"只是来见见您的。"

　　有津依然脸向着别处，没有说话。佐衣子发现，有津一次也没有问过自己的事情。虽然他知道自己和直彦结婚了这件事，但是就不想问问婚后的情况吗？有了多次身体关系，却不想了解这些，岂不是有津的自私自我吗？佐衣子心里涌起一种名为残忍的情感。

"八点我丈夫就回来了。"

一瞬间，有津的表情看上去似乎动了一下，不过马上恢复了原来冷峻的眼神。

"能出来一趟已经很不容易了。"

不知是否在听，有津又啜了一口酒，薄薄的嘴唇闭得紧紧的。佐衣子对有津的置之不理感到难过。

"上原说起过您。"

"……"

"他说不知道您想不想再去公司上班。"

有津端着杯子，嘴巴轻轻动了一下。

"真的不想再上班了吗？"佐衣子故意用动摇他想法的语气问道，"他说您这么优秀的人，就这么断送一生，实在可惜。"

"没有那回事儿。"有津这才开口道。

"但是，如果一直在那个公司干的话……"

"幸亏辞掉了。"

"真的吗？"

"我从不说谎。"

有津就此沉默。无法继续接话了，佐衣子感觉焦虑。就这么浪费时间太可惜了，另一个佐衣子在催促着佐衣子。

"给您家里打过好几次电话。"

"说过我不在的。"

"知道，但是还是打了打试试。"

"真是个好奇心旺盛的人。"

"但是有人的。"

"家里吗？"

"是的，一个女人接了电话。"

佐衣子心中的烈火熊熊燃烧着。

"声音很好听。"

有津点了点头。

"是您喜欢的人，对吧？"

"并不是那样的。"

"那么，是哪一位呢？"

"出院后，来照顾我四五天的人。"

"亲近到过来伺候病号了啊。"

"要说亲近，倒也亲近。"

"不知道还有这些情况呢。"

"从她那里知道你来过电话的。"

有津又要了一杯威士忌。

玉虫

"为什么？"

"大约十天前吧。听她说有个连续打了两次、没有声音的电话。"

"为什么那就是我呢？"

"只是那么感觉而已。"

有津茶褐色的眼神直盯着佐衣子。佐衣子有些狼狈。

"我接电话就好了。"

"不是的。"

佐衣子似乎要掩饰自己内心的慌乱，说道："和那位一起过就很好啊。"

"正在想要不要一起过呢。"

"啊？"突然被打脸的感觉。

"要结婚吗？"

"只是一起住而已。"

"那可就太奇怪了啊。正儿八经地结婚岂不是更好？"

"没那种想法。"

"那样女方就太可怜了，那是你的自私啊。"

"也不能那么说。"

"你这个人，就是一个任性自我的人！只要自己好就行了，丝毫不考虑别人的感受！"

"……"

"就不是活生生的人，是冰一样的人！"

有津沉默着，注视着玻璃杯。佐衣子感觉自己方寸大乱。

"那么，我这样的也就不需要了，是吧？"

"不，希望能见到你。"

"但是，不是有那一位吗？"

"因为你是上原的妻子，是没法在一起的。"

"有津先生！"佐衣子喊道。

"您是把我当成上原的妻子，跟我交往的吗？"

"不，见面的时候我就把这个忘掉了。"

"那就从上原那里把我夺过来吧。"佐衣子想这么说。

"走吧。"

有津拿起发票站了起来，佐衣子也站了起来，只有佐衣子烈火燃燃的心被甩在那里了。

"七点半多了。"等信号灯时，有津说道。

当红灯变绿灯时，佐衣子说："带我找个地方吧。"

那一刻，佐衣子仿佛从自己身上看到了玉虫。

六

佐衣子和有津的约会，基本上保持每月一次的频率。不知是因为工作的关系，还是考虑到让佐衣子方便些，从九月份开始，有津把约会场所改成涩谷了。

十一月末，佐衣子在下午五点乘坐东横线到达涩谷。

在从终点处 T 商店的三楼走向 T 会馆的空中通道时，天忽然下起了秋雨。雨刹那间倾盆而下，空中通道的荧光灯一下子显得更亮了。车水马龙、拥挤杂乱的街道立刻被白色的雨幕遮住了。

站在空中通道中间的位置上，佐衣子俯视着被大雨淋透的街道。走在下面的行人一齐撑开了伞，没有伞的人们用纸袋或报纸等物品挡在头上，往附近的商厦逃去。正因为下面展开的画面跟自己无关，佐衣子不厌其烦地注视着。

会馆的一楼被跑进来避雨的人们的湿气和热气搞得云雾蒸腾。

佐衣子斜穿过这些人，走向了入口右手边的咖啡馆。

因为下雨，咖啡馆里有些拥堵。

"您这边请。"

服务员将她领到了窗边唯一的空座上。佐衣子坐下了。

"您要点儿什么？"

"咖啡，热的。"

从座位上隔着玻璃窗能望尽雨中的街道，此时打着伞来来往往的人们正好和佐衣子的视线处于相同的高度上。时间是五点十分。

有津还没有来。

看着被搅动的咖啡打着漩涡，佐衣子想起男人好像总是来得晚一些。就是这样的一个男人啊，佐衣子想。

雨滴在厚厚的玻璃面上，像瀑布一样奔流着。一片透视性很好的玻璃隔着的，是两个截然不同的空间——暴雨淋漓的空间和咖啡香气弥漫的空间。佐衣子感觉有趣又不可思议。

干脆就不要来好了，佐衣子看着外面心想。

每次与有津约会，佐衣子的身体都会一点一点地变得淫荡起来。在那个时候，外表看上去冷若冰霜的有津如同被邪魔附体一样，大胆而残忍。佐衣子的身体慢慢被驯服了。

"一个月只有一次，我不再是妻子。"

剩下的二十九天都是为直彦而存在的，佐衣子相信这样是可以被原谅的。旁边座位上的客人站了起来。

只要他不来，这个月就可以不必背叛丈夫了。

当佐衣子再次看向玻璃窗外时，有津坐到了面前。

"走吧。"

"等一下，先在这里待一会儿吧。"

有津坐在那里掏出了烟。

"好大的雨啊。"

佐衣子看着窗外，一边看，一边在想：今天能不能和有津不发生身体上的关系就分开呢？

旁边紧挨着的两个人站了起来，换上了一个年轻女孩。原本看着窗外的有津将目光移向了那边。

"跟她怎么说的呢？"佐衣子双目闪闪发亮，问道。

"和她分手了。"

"上次不是还在的吗？"

"后来她主动离开了。"

"为什么？"

"大概是想离开了吧。"

"会有那种事吗？"

"有，不信的话来浅草看看就行了。"

"不去。"

跟着这个男人，只会堕落下去。离开的女人是因为敏感地捕捉到了这一点，佐衣子想。

"那么，衣服和用品呢？"

"像样的东西都拿走了。"

"那就是不再回来了？"

"不知道。"

"找找看看吧。"

"不了，算了。"

"还恋恋不舍吧？"

"要说没有那是假的。"

佐衣子又看向外面，伞和脚持续不断。"我能从这个男人那里逃掉吗？如果逃不掉的话，自己会变成什么样子呢？"佐衣子抬起了头。

"我可不要做那个走掉的女人的替代品。"

"走吧。"

有津站了起来，不管佐衣子在说什么。

"等等。"

有津没等佐衣子说完，已经朝着出口大步走去。

雨比刚开始时小了一些，佐衣子被半抱着躲在了有津藏青色的蝙蝠伞下。两人穿过红绿灯，向道玄坡方向的石阶走去。前方有他们常去的酒店。

进入一条车流中断、人迹罕至的小路。石阶坡道的前方，等待他们的是酒店的霓虹灯。

"我说，今天不要了吧？"

佐衣子看着前方说道。有津不管她，继续往前走着。

"我说，只喝喝茶就回去吧。"佐衣子小跑着跟了上来。

"有时间吧？"

"但是，我其实是不喜欢那种事的。"

一个年轻男人从旁边经过。

"做那种事的话，我就会讨厌你啊。讨厌也没关系吗？"

"……"

"你是因为讨厌我才这么做的吧？"佐衣子说着，喘气粗了起来，"我说，这样大白天的，被谁看到就麻烦了啊。"

"不可能看到的。"

有津没有站住。一慢下来，佐衣子的肩膀就露到外面去了。没有办法，她又追上去了。

"不要了吧。咱们再找家咖啡馆坐坐吧。"

"咖啡馆除了吵有什么好的？"

"那么，我们去个安静的地方吧。"

"所以才到了这样安静的地方嘛。"

抬头一看，已经到了酒店门前。石墙间能看到郁郁葱葱的绿植。

"进吧。"有津以目示意。

　　"我说。"佐衣子道。眼前是有津的伤疤，那伤疤在雨中更加黑了。

　　"什么事儿？"

　　"你又混黑社会了吗？"

　　"黑社会？"

　　"是的，跟你在一起我也就成黑社会了啊。"

　　有津微微一笑，敏捷地走进了石墙中。佐衣子的身体也迷惑着，跟着走了进去。看着有津枯瘦的后背，佐衣子感觉自己看到了玉虫厨子的模样。

琉璃棺

琉璃棺

一

　　仿佛从遥远昏暗的迷路中慢慢浮上来似的，律子的意识苏醒了过来。覆盖在律子意识上的薄膜宛若气球一般逐渐胀大，胀到薄如蝉翼般透明，不久便达到极限破裂了。那一瞬间，薄膜一下子被除掉了。

　　如同刚刚醒过来的婴儿为光线所惑一样，律子将脑袋往左右两边转了几次，眨了眨眼睛，彻底清醒过来。

　　被左边斜上方的白墙隔开的是一扇细长的窗户，在意识恢复的过程中所看到的光线正是从那扇窗户中透射进来的。初夏的阳光正在树木的浓荫中婆娑地摇曳着。

　　这是哪里呢？

　　律子在意识逐渐清醒的过程中，缓缓环顾着四周。

　　窗侧是雪白的墙壁，墙壁中间竖垂着一张含有四个纵列的视力表。脚边有个垂下来的帘子。帘子转了一圈，在头部稍上方的位置断开了。帘子的一端有一个大幅弯曲的褶皱，其前端和瓷砖墙之间的空隙里，露出了被涂成白色的器械架子的右半边。左右对开的器械架里，能看见几个金属器具。混杂在剪刀和手术刀中间的，还有喇叭状和棒状的金属零件。那其中，只有像鸭嘴一样的器具在午后的阳光中闪烁着白玉一样的光亮。

看到这里，律子才想起自己不久前刚接受过手术。

律子慢慢地将自己的右手从侧腹部移到了下腹部，又越过大腿根凸起的盆骨，缓缓地经过下面的凹陷处，触到了阴毛。

一瞬间，她感觉到下腹部有一阵刺痛穿过。然而，那刺痛很快消失，如同腹部内侧有一台小小的发电机在转动一样，只留下钝钝的痛感在单调地持续不停。

律子凝神倾听着那个痛。

并非是难以忍受的那种程度，可是也没有轻易消失的迹象。疼痛似乎在逐渐升至表面，而且强度越发大了。

律子细细尖尖的指尖摸到了盖在私处的厚厚的纱布的一角。

结束了啊。

律子轻轻叹了口气，然后将目光转向一开始看到的左上方的窗户。这时，帘子的一端被拉开了，麻醉前见到的那个护士走了进来。

"您醒了啊。"

三十二三岁的护士的脸上，鼻子和眼睛极其紧凑地聚集在中央部位。

"疼吗？"

律子像是跟自己的下腹部商量了一下似的，想了一会儿说："有点儿。"

"疼得厉害的话就说一声啊。"

护士拿起律子的右手，开始测起脉搏来。

"手术……"律子抬头看着握着自己胳膊的护士，问道。

"结束了啊，没问题的。"

听到此话，律子全身发软。既有安心的感觉，又似乎有丢了什么的虚脱感。

"再好好休息休息吧。"

"请问……"护士起身要离去时，律子有些慌乱地问道，"孩子呢……"

"您说什么？"

"是什么样的？"

"四个月末了，手脚已经很清楚了。"

"男孩吗？"

"不知道呢，没看那么仔细。"

"头发呢？"

"不要去考虑那些了，很快医生就会过来看您了，先好好休息吧。"

护士再次叮嘱一番，手搭向了帘子。

"那个……"律子再次叫住了她。

"这里是哪里？"

"恢复室。"

"……"

"就是手术之后，到醒过来的这段时间休息的地方。再过一个小时左右，等麻醉完全解除了，您就移到病房里了。"

"不能回家吗？"

"您说今天吗？"

律子点了点头。

"手术后的第一天要住院，不是一开始就跟您说了吗？您和普通的打胎可不一样啊，都已经四个月末了啊！所以，说是打胎，其实更接近生产呢。"

这个事不说也知道。在接受诊断的时候，医生曾经问过为什么不早下决心来。为什么呢？即使问也没有什么特别的理由，只是不喜欢去医院打胎罢了。一天天地拖着，不知不觉就到四个月末了。裸身的时候，都能看出腹部微微隆起了。要说理由，也不过如此而已。

"手术之前也是花了两天，才总算打开了产道啊。"

律子点了点头。明明这一点也是知道的，却感觉好像初次听到一样。

"您是第一次怀孕，又是接近五个月才打胎，所以必须要好好保重才行。"

律子无心抗争。

"明天下午再回去吧!"护士像命令一样说道。

"明天……"律子嘟囔道,感觉很遥远。

"我就在这个帘子的对面,有事随时叫我。"

"那个……"

律子再次喊住了就要离开的护士,因为记忆正在一点一点地醒过来。

"有没有人给我……"

"啊对啦,不久之前有一个电话,是一位叫村冈的先生打来的。"

"他说什么了?"

"他问手术结束了吗?因为您还没有醒,我就替您转达了一下,说平安结束了。"

"然后他怎么说?"

"他说后面再打电话。您知道是谁了吧?"

"嗯。"律子低声回答道。

"好了,什么都不要想了,好好休息吧。"

护士的身影消失在帘子那头。

看着她离开之后,律子又一次把眼睛投向了窗户。窗外似乎有风，树叶在轻轻颤动，阳光也随之摇曳着。一窗之隔，窗内和窗外的空气似乎截然不同。

村冈真也在做什么呢？

光波律动中，律子想起了真也。最后见到真也是在昨天傍晚。

他原本就不是一个多话的人，昨天更是沉默，只是重复了几句"放心吧""交给医生就行了"之类的话，之后就沉默不语了。他双手抱臂，时不时地像心血来潮一样做深呼吸。那张俊若女子的脸紧绷着，侧颜看上去比平日苍白得多。真也一面是为律子鼓劲，另一面好像也是在说给自己听。律子从未见过真也如此凝重的神情。似乎比起手术在即的律子，真也更为紧张。

在决定堕胎之前，律子一直心乱如麻，不是说哭就哭，就是深陷沉思。但是，在决定打掉，特别是在器械插入私处之后，律子的心情反而平静了下来。再惶恐不安也无济于事了，放弃让律子胆子大了起来。

"我可以回去吗？"三十分钟后，真也用略带沙哑的声音问，"还有点儿工作没做完。"真也说这话的时候，眼睛轻轻往下看着。

"可以啊。"律子明明知道那双眼睛是在逃避，却还是那

琉璃棺

样回答了他。

"那么……"

"明天呢？"

"手术结束后，我很快就会回来的。"说完又加上了一句，"没问题的。"

真也二十六岁，比律子年长三岁，毕业于私立名校 K 大，就职于声名远播的大型商社。真也的父亲是同一个公司的高管。

律子在这家公司的会计科上班。前年秋天，两人因为资料问题在一起商谈，这便是他们相识相恋的开端。自那以后，时间已过去近一年半了。

窗外繁茂的树叶依然在胡乱地摇摆着。眼往别处一看，窗对面的帘子上，落上了一片树影。她想起了昨晚逃走的真也的眼睛。真也会来吗？

律子数着叶子的个数。一个、两个……数到两位数时，之前数过的却又乱了。她又重新开始数，感觉似乎全部数完了身体就能复原一样。

从一重新数到十，进入麻醉时她也是这样做的，在第二次数到十的时候意识还是清醒的。

"慢慢地、深深地……"好像听到有人在这样说，随后便觉得特别困，要睡着了。那时候没有任何不安，那么安详的时候很少见。全身如同变成了沉重的铅块，被拽着走了。

在觉得自己就要消失的那一瞬间，真也的面容在脑海中浮现了，然而很快就消失了。身体似乎张开了一个好大的洞。

律子一边苏醒，一边就像麻醉药患者一样，想要再次返回到麻醉的时间里。如此一来就能回到原来的那个身体了，她想。

"一个、两个……"

律子又一次数起了树叶。

当数到五的时候，帘子后面流出一个低沉的呻吟声。律子眼睛离开窗，向帘子的方向张望。

"您醒了吗？"

是刚才的护士的声音。

"疼，好疼啊！"

传来女人稍稍沙哑的声音。明明是在喊痛，那声音却又有些娇气。

"好啦，已经做完啦。做完了的，放心吧！"

"疼、疼！"

律子这才知道这个房间里并非只有自己一个人。帘子的那边肯定还有被分隔开、并排摆放着的其他几张床。律子醒过来之后，下一个动手术的患者也醒来了。护士原来是在照顾着这个房间里的好几个堕胎的女人。

确实，她进手术室的时候，一走廊之隔的对面的等候室里，还有不少等在那里的女人。在那些女人当中，也许有几天前做完手术的，也许有几天后要接受手术的，也未必所有的人都是要打胎的。但是，接近市中心的这家外观大气的妇产科医院却是以堕胎安全、可靠而广受好评的。律子在这里做手术也是因为这个。即便不是所有人，毋庸置疑，在等候室里看到的那些女人绝大多数是前来堕胎的。

其中既有穿着大岛捻线绸的家庭妇女，也有身着水滴花纹连衣裙的二十岁出头的姑娘，还有三十几岁的职员风格的女子。毫无疑问，那些女人都会登上手术台，从私处吐出黏糊糊的胎儿。和自己所经历的一样，其他女人也在一个接一个地经历着这些。络绎不绝的重复使这家医院繁荣起来，那些蜂拥而至的女人的能量之大令人不寒而栗。这时候，一个新的想法像忽然从身体深处涌上来一样，变得清晰深刻。

"我的孩子……"

律子再次看了看窗外。树叶依然在婆娑摇曳，阳光随之碎开。"一个、两个……"当数到三的时候，帘子被打开了。

"相田小姐，医生来了！"

听到护士的声音，律子慌忙从窗那边收回目光。枕边站着一个身材颀长、戴米黄色眼镜的男人。

"您感觉怎么样？"医生的白衣很近，脸靠过来，问道，"疼吗？"

"有点儿。"

"但是能忍得住吧？"

"嗯。"

实际上，确实是这个程度的疼痛。

"已经完全醒过来了，是吧？"

"十分钟之前恢复的意识。"护士替律子答道。

"再过三十分钟就转到病房吧。还有，她要疼的话就用NOBURON。"医生跟护士说道。

最后说的是 NOBURON 呢，还是 NOBURIN 呢？律子没有听清楚。

"去了病房就可以正常饮食了呢。"医生的声音听起来要比护士的声音温柔得多，"傍晚的时候，再换一下纱布。"

对啦，律子想，这个男人把自己的隐私都看尽啦。

律子突然对医生产生了无限的亲近感。全身都被看过让律子失去了戒心。既然都看过了，就可以什么都说了，她想。

"请问……"

刚走到帘子一端的医生有些诧异地回过头来。

"孩子会怎样呢？"

"孩子？是指胎儿吗？"

原来"胎儿"才是正确的表述啊，律子这才知道。她微微红着脸点了点头。

"我们这边……"医生说到这里停下了，转而说道，"一般都是由我们这边来处理。"

"处理？"

"火化。"

"火化"一词在嘴里重复了一遍，律子才明白指的是烧掉的意思。

"把他……"

"您是想看一下吗？"

"嗯。"律子盯着医生的脸回答道。护士迅速偷窥了一眼医生的表情。

"不行吗？"

"呀，并不是不行。"

"我想看看。"

"……"

"看一眼就行了。"

　　律子拼命争取着，不明白自己为什么这么想看。说"想看"的这个过程中，想看的心情也骤然膨胀起来。然而，想看的心情其实在睁开眼睛看着窗外树叶的那一瞬间，已经开始在律子的心里扎根了，似乎是在数着树叶的时候渐次流于了言表。

　　"拜托了。"

　　连续说了两次，医生总算点了点头。

　　"好吧，给你看。"

　　"什么时候？"

　　"你往病房移动的时候，在手术室看。"

　　"医生！"护士喊道。

　　"没关系吧。"

　　医生说着，向帘子外面走去。

二

　　站起来的瞬间，律子感觉到轻微的眩晕，血流从全身退却。

　　律子用右手轻轻按住前额，左手扶住床边站了一会儿。在全身纵向急驱而过的恶寒终于平复，只留下下腹部如同被设置了发电机一样的钝钝的痛。

“要不要紧？”

护士伸手从后面扶住律子。

“我们安静地走吧。”

律子抬起眼睛。躺在床上时，从窗外照射进来的感觉十分舒服的初夏的阳光，一站起来，仿佛就变成了盛夏刺眼的光线。

“很快就到电梯了。”

“手术室……”

“您还是想看啊？”

“刚才医生说了。”

“还是不要看了吧。那种东西不能看的。”

“我要看！”

话说出口的一瞬间，律子被自己的声音之大震惊了。眩晕之后，马上还能发出这么大的声音让人感到不可思议。护士听了也是十分震惊的样子。她定睛看了看律子的脸，然后惊愕地转过了头。

这个女人从来没有怀过孕啊。律子看着护士冷淡无情的侧脸心想。

从术后恢复室右手边的电梯前面穿过去，手术室就在走廊尽头往右边拐的地方。

"请在这里等一下。"

陪着她来的护士搬来律子上手术台前所用的座椅，示意她坐下来，然后走进了手术室。

手术室的门半开着，律子看到了自己之前刚刚躺过的手术台上的黑色皮革。上午的手术似乎已经做完，通过毛玻璃能看到两三个正在收拾器械的护士的身影。

律子心里想着就要给自己看的胎儿。

他长着怎样的手呢？长着怎样的脚呢？整体大约有多大呢？湿漉漉软乎乎的呢，还是硬邦邦的呢？即使握住他也不能生还了吗？……

毛玻璃里面传来了笑声，微微打开的门里面走出一位护士。她似乎是刚刚做完手术，头上戴着手术帽，光脚穿着凉鞋。

她略略弯着上身，用两只手抱着一摞蹲居在胸口到腹部的布片。布片好像是医生穿过的手术服和包扎伤口的消毒布。

护士经过身边的时候，律子看到了血迹斑斑的术衣。其中一部分被护士拖在地板上，拖着消失在了旁边的准备室。

"那是我的血吗？"律子看着护士消失的准备室心想。律子的手术已经结束了一个小时，那么刚才的血就应该不是律子的。也许是那个在律子之后堕胎、在邻床上呻吟着"疼、疼"的女人的。

琉璃棺

　　大家都是流着鲜红的血这一点让律子觉得不可思议，又悲伤不已，觉得讨厌。这时，医生出现在走廊的一端，然后消失在手术室。于是，一直半开着的门完全关闭了。

　　走廊的窗户大开着，从窗外流进来初夏的微风。律子从风里嗅到了街道的味道，再次想起了真也。

　　不久，门开了，医生出现了。律子站起身来。

　　"就是这个了。"

　　医生左手拿着一个肾形盆，右手拿着一个火筷子长短的镊子。

　　"已经长得很大了。"

　　肾形盆中间，一个白色的胎儿横躺着。胎儿全身似乎被一层薄薄的膜覆盖着，膜在边缘处断开了，从中露出细细的小脚。两只手，两只脚。脸的上半部分已成形，虽然眼睛鼻子尚不能分清，但是中央部位已有一些集聚的凹凸，头发部位也略略发黑。

　　正如在书中所见的那样，胎儿呈倒"く"形，后背弯曲着，脸仿佛要紧贴腹部似的，手和脚分别在上下紧紧守护着。那姿态似乎是无论什么外敌都能防御。腹部中央伸出一条直径三厘米左右的索状肉，其前端在肾形盆的边上卷成一团，被血染红了。沾着血的不仅仅是那里，还有十分柔软、仿佛用手一按就会凹陷的后背到腰部，胎儿所浸泡的液体中也混杂着血液。

"你看，已经基本成形了吧。"

律子屏住呼吸，眼睛眨也不眨地紧紧盯着。

"这就是我的孩子。"

脸也好，手脚也好，半路被剪断的脐带也好，沉淀到底部的红色血迹也好，全部都是律子的东西。

"在我肚子里四个多月的孩子。"

律子想抱着他，抚摸他，替他拂去全身湿漉漉的血水和羊水，放到温水里洗一洗。就这样脏兮兮地沾满血，太可怜了。

脸和手都长得跟真也一模一样。

律子在被泡涨的白色的胎儿身上，重叠上了真也的脸。哪个部位看着都跟真也一个样，仿佛真也钻进了律子的肚子里变大了似的。

律子伸出了手。

瞬间，医生将肾形盆收了回去，伸出去的律子的手就那样浮在了半空中。医生往那只手里递上了镊子，律子就像握住了一根棒子一样，用五根手指紧紧握住了镊子。医生又一次把肾形盆伸到了她眼前。

"你要动动看吗？"

律子重新握了握镊子，慢慢地活动着它的前端。灰白色的胎儿在镊子前端的触动下，左右游动着，混杂着血水的羊水跟着轻轻摇动。被摇动的胎儿在头部转向医生，脚部转向律子时，斜倾着停下了。

"行了吧？"

医生说，可是律子依然在看。

想看胎儿的想法是在数树叶的时候潜入了律子的头脑。那时候只是想看看而已，觉得看一眼就能安心了似的，觉得这样就能放下了。然而，如今看了之后，这个想法完全变了。

"这是我的东西……"

对于律子来说，如何处理肾形盆中飘浮的肉块并非别人之事。他既不是从别处而来的东西，也不是跟自己相似的东西，而是自己身体的一部分。正因为是自己身体的一部分，所以回到自己身边是理所当然的，没有必要把他交给任何人。因为这就是她本身，是从她身上被迫剥离的她自己。

"就像把被摧毁的积木重新复原一样，孩子也应该回到我这里。"律子想。说是想，可是准确地说，律子并非是用自己的脑袋想的。比起脑袋，更像是她的身体在求索。

律子已经不想放手了。

"请把他给我吧。"

律子憔悴瘦小的脸上，一双眼睛大大地睁着。剪短的秀发往前垂着，她抬起像童女一样纯洁的眼睛看着医生。

"你……"

"不行吗？"

"并不是说不行……"

"这是我的东西吧？"

这话倒是不假。四个月以上的胎儿原则上要作为不足月份的婴儿正式火化并埋葬，虽然一般打掉的胎儿不这么做，但这么做却是最理想的。

"但是，你把他带走准备怎么处理呢？"

律子并没有什么明确的打算，只是不想和他分开。

"你会把他埋葬吗？"

"是的。"

"要提出死胎申请，再拿着他去火葬场火葬。当成死产儿来处理的话，手续很麻烦的呀。"

"没关系的。"提交申请和送去火葬场她都还没有想过。

"但是，即便这样也很不好办啊。"

"什么不好办呢？"

"你怎么把他带走呢？"

"就这么带。"

"开玩笑吗？这样很快就会腐烂的。"

"请您给我处理一下，不要让他腐烂。"

腐烂了可就难办了，必须要保持这样才行，律子想。

"拜托了。"

"放在福尔马林水里泡着倒是还行。"

"那样能保持几天？"

"那样可就能一直保持了，因为活体标本都是那样保存的啦。"

"那就请您那么办吧。"

医生微微皱了皱眉头。真是个麻烦的请求，原本直接当作未满四个月的胎儿进行废弃处理就行了的。

"你有容器吗？"

"什么容器合适呢？"

"最好是玻璃标本瓶啦。"

"在哪里有卖呢？"

"那种东西只有医疗器械店卖啦。"

"我去买。"

"你现在可不行。"

"那么，您就在我买之前借我用用吧。"

"真是让人为难啊。"医生不高兴地沉默着，随后无奈地说道，"真拿你没办法，给你装到标本瓶里吧。"

"不好意思。"

医生返回了手术室。律子心满意足了。

"能够和从我身体里取出来的我的孩子一起住啦。"

律子总算安心了。她想起了和真也两个人一起走过的蓼科的山间小木屋。在白桦湖上滑冰后，她洗了澡，又吃过晚饭，然后和真也一起入眠。应该就是在那个时候怀孕的。

律子好像从一开始就预感会怀孕似的，于是进行了反抗，可是真也强行要了。反抗是因为担心怀孕，并非是因为讨厌真也。但是，对于这些问题的考虑也都是在真也进来之前。真也进来之后，得到满足的律子再也不想任何事情了。那一瞬间，律子觉得自己永远不会离开真也。

"给你放到这里面了。"医生拿过来一个有小水壶那么大的标本瓶，"放到福尔马林液里了。"

玻璃标本瓶里面，胎儿头朝上屁股朝下地蹲着。被换进了新的福尔马林液里，胎儿身上和脐带上沾着的血都消失了。

"看上去有点儿狭窄。"

"不是一个需要大空间的东西。这个就足够了。"

"是从这里打开吗？"

一打开玻璃瓶盖子，一股刺鼻的福尔马林液的气味直冲而来。律子稍微往后仰了仰头，然后重新注视着里面。眼皮底

琉璃棺

下是胎儿的脑袋。因为脑袋的直径比瓶口的口径要大，所以只能停止在这里，无法浮上来。

"我的孩子。"

律子口里嘟囔着，将瓶子举到了眼睛的高度。不知是否是光线折射的缘故，胎儿白色的后背看上去像是在中间曲折成了两段。

"那么再见了。"

律子往病房走去。

"你要拿到哪里去？"

"病房。"

"不行，不能把这样的东西放在病房里。"

律子回头看看医生的脸，又看看瓶子。

"放在这里再走。"

"可是……"

"明天出院的时候，我会把死产证和他一起交给你。"

律子没有办法，把瓶子放到了手术室前的搬运车上。

"给你保存在这里了。你去病房好好休息吧。"

律子点了点头，像个孕妇一样，拖着花纹病号服里的身体，慢吞吞地走向有电梯的走廊。

三

真也来到医院是在那天傍晚六点。

"本来想中午过来的，不过打电话问了一下，说手术已经安全做完了，所以就在傍晚急急忙忙地赶过来了。"真也像找借口一样说道。

又不是结算期，五月中间哪里有那么忙？律子心想。可是，她却无意说出来。仅中午打来电话，傍晚能赶过来，律子心里就已经满足了。

"什么都可以吃，是吧？"

真也边说边打开了购物袋，从中拿出了一个装着草莓的塑料盒和两个甜瓜。

"刀子在那里。"律子指着枕头前面的床头柜说。

"你吃啥？"

"要不就吃草莓吧。"

"那我去洗洗。"

"我洗吧。"

"不，不用。"

真也站起身，打开门口附近的水龙头，用水冲洗着草莓。她已经有半年没见过这么温柔的真也了。

这是一个仅有一个门的密闭单间。

如果能和真也两个人住在这样的房间里就好了。律子听着水声，看着真也的后背，内心越发柔软。

"很疼吗？"真也边洗边问道。

"嗯，有点儿。"

"是吗？好了，可以吃了啊。"

真也拖开床头柜，将滴着水的草莓塑料盒放到了上面。律子躺着，从床上抬眼看真也。眉清目秀又气宇非凡，难怪公司里的女人们趋之若鹜。

"怎么了？吃嘛。"

"嗯。"

律子像是刚刚完成生产大任的新产妇一样，用满足的眼神看着他，点了点头。

公司里的女人们大都不知道自己和真也之间的关系，注意到的也就律子身边的四五个朋友。那些朋友却是做梦都想不到两人居然这么亲密：律子怀了真也的孩子，两个人在一起分享草莓。

"不要让朋友知道。如果暴露出去，传到我爸爸耳朵里，我们的关系很快就会受到阻碍的。"这是两人有了肉体关系以后，真也的口头禅。

律子虽然忠实地遵守着这一点，却又时不时地有一种想要告诉朋友的冲动。和公司第一帅哥、又是高管的儿子有这样的关系是一种骄傲，不是什么负面的事儿。

"明天就能出院了是吧？"

"说是中午换了纱布就可以回家了。"

"我下午来不了，给你放下钱，你自己结算完了之后，打个车回去吧。"真也把一个信封放到了床头柜的一端，"直接回公寓，对吧？"

律子点了点头。除了在大森附近的一间八个榻榻米大的公寓，她无处可归。

"总而言之安全了就好。"

真也好像彻底安心了一样深吸了一口气，和昨晚那个忐忑不安的真也简直判若两人。安心地吃着草莓的真也的侧颜，和白天见到的胎儿的脸在律子脑海里重合了。胎儿的脸中央仅仅有个米粒大小的洞，连哪里是眼睛哪里是鼻子都分不清，可是律子从那混沌中却确确实实看到了真也的容颜。与其说是看到，或许不如说是感觉到了更准确。

和这个人一样的。仅这么一想，律子的脸上就浮起了笑意。

"怎么了？"看到她的笑，真也问道。

"嗯，没事啦。"

　　"什么嘛，自己一个人笑。"

　　"可是……"

　　"什么事儿？"

　　"还是，不说了吧。"

　　"说嘛！"

　　真也的眼神里流露出他的任性自我。

　　"今天看到我的孩子啦。"

　　"孩子？"

　　"是的，手术之后拜托医生给我看的。"

　　真也张口结舌，直愣愣地看着继续说下去的律子。

　　"有手也有脚了，脸长得和你一模一样。"

　　"怎么可能……"

　　"真的啊，就在我眼前，我亲眼看到的啦。"律子像唱歌一样说道，滑溜溜、白乎乎的肉块在律子的脑海里游动着，"是你和我的孩子啦。"

　　"……"

　　真也莫名其妙地看着律子，律子做梦一般的眼神里闪烁着疯子一样的光芒。

　　"喂，好想改天我们三个人一起去旅行。"

　　"三个人？"

"是的，你、我，和那个孩子。"

真也将吃了一半的草莓放回了原处。

"你没疯吧？"

"没有啊。"

真也一副扫兴的样子站了起来。

"我还有工作没有做完，先回去了。"

"还是要回去啊？"

"有工作，没办法啊。"

"那么，明天要来啊。"

"嗯。"真也在镜子前整理了一下领带，答应道。

"一定呀。"律子在床上说道。

"知道啦。"

"不要去康子小姐那里啊！"

"你身体这样，怎么可能去呢？"

这里所说的康子，是真也三个月前的相亲对象。她是真也父亲的朋友——一位银行行长的千金。这事儿是律子一个月以前从公司的同事那里听说的。质问真也时，他回答说没打算和她结婚。

"一定呀，约好了哈。"

"没问题的啦。"

真也穿上了挂在椅子上的西装。

"走啦。"

"今晚就来不了了吗？"

"来不了的啦。"

"那么，打个电话过来吧。"

"好吧。"

"说真的呀。"

"知道了。"

真也像忽然想起来一样，在律子的额头来了一个形式化的吻，然后逃也似的推开了门。

"要好好休息呀。"

"嗯。"

律子看着男人消失的背影，想起了藏在手术室里的胎儿。

四

翌日，律子在上午十点时上了诊断台。医生给她打开私处，换了一块止血的纱布。

手术时因为麻醉而未感觉到的羞耻心复活了。插入新的止血棉时，律子感觉到一阵疼痛，身体一瞬间抽搐了一下，但是因为被皮带绑住了，下半身的皮肉之中虽然有一股刺痛的波流，腰部却纹丝未动。

"还会轻微出血四五天，不要累着啊。"诊察完毕，医生等她合起衣服坐到圆椅子上后，说道。

"明天开始上班可以吗？"

"你的工作不是普通的 BG（业务员）吗？"

"只是坐着就行。"

"可以的话，再休息个一天半天的更好啊。"

医生看着病历表说道。病历上有名字、年龄，还有以防万一时作为紧急联系人的真也的住址和电话。

"总之，你比一般的堕胎要严重一些，这一点不要忘记啊。"

律子心里想着玻璃瓶里的胎儿。

"一周左右不要做剧烈运动。"

"好的。"律子点点头站起来。

这时，医生像忽然想起来似的说道："还有，至少两周不要做爱。"

医生直盯着律子。律子想到了真也。这两三个月，她没有和真也睡过。自从知道怀孕了，真也就不再向律子求爱了。

打掉了，这次会不会来要了呢？律子看着诊察桌上像螃蟹的蟹螯一样前端张开的骨盆计测器，思考着。

"后天再来看一次。"

"好的。"

"结完账就可以回去了。"

律子低着头站了起来。医生的眼睛落到了别的病历上。

"请问……"

"什么事儿？"

"孩子请……"

"孩子？"

"装在玻璃瓶里了。"

"啊，标本瓶啊。"医生露出难得的笑容，"还是想带走啊？"

律子点了点头，用坚定的眼神回答了他。

"这么一来，就要下死亡诊断书了啊。"

医生依然拘泥于烦琐的手续。不过，他知道律子不会放弃，便很不情愿地从抽屉里取出了诊断书。

"你去手术室拿标本瓶来，里面有个胎儿。"

医生向站在一旁的护士下达命令后，拿起了钢笔。

"孩子的名字……没有是吧？"

"请写'真也'吧。"

“真也？”

“真实的‘真’，加上一个‘也’字。”

律子用手指把后面的字写在桌子上，给医生看了看。

“名字都定好了啊？”

“是的。”

“是这样写吗？”

医生先在便条上写下“真也”两个字，又在病历上写好，并加上律子的姓氏“相田”，连起来就是“相田真也”。年龄的地方写了“胎牛四个月末”。

“不过真是奇怪啊，既然决定打掉了，怎么还想好了名字呢？”

“……”

“那样的话，还不如生下来好吧？”

“这是没有关系的。”律子有些生气地答道。

“行啊，下次要好好生下来啊。”医生有些揶揄地说。律子顺从地点了点头。

“您看是这个吗？”

“是的。”

不等医生接，律子抢先站起来伸出了手。

“可以给她是吗？”

"这是我的。"

不等医生点头，律子像抢似的从护士手里夺了过来。

许是被放在手术室背阴处的缘故，瓶体冰凉。液体中的胎儿稍稍晃动了一下，脑袋倾斜着，不过手脚依然保持着合抱之势，蹲在里面。

"瓶子怎么办呢？"

"请送给我吧。"

"这样啊。"

摇晃的液体中，脐带的一端就像尾鳍一样在摆动。

"那么再见了。"律子将瓶子抱在腋下，再次低头致谢。

"等下，你就这么拿着可不行，必须要盖上点儿什么东西才行啊。"

护士慌忙递过来一块更衣箱里的擦奶布。

"可不能给别人看到啊。"

"我知道。"

"火葬之后要联系我们啊。"

"好的。"

律子说完，心想：这要是烧的话转眼就烧没了，连一块骨头都剩不下。

回到大森的公寓是在下午三点钟。关得严严实实、四天没有回来过的房间十分闷热，灰尘遍布。

律子将标本瓶放到壁橱上，瞅了一会儿，打开窗开始打扫房间。"吧嗒吧嗒"用掸子拍打过后，用笤帚扫起来。她边扫边像唱歌一样哼哼着："今天有个小宝宝，我就是个妈妈了……"

打扫完毕，淘了米，放进电饭锅插上电源后，律子出门买东西去了。好久不见的商业街热闹非凡，令她心情愉快。下腹部的痛感让她感觉自己是活着的。

律子买了两人份的生鱼片、鲑鱼段、放到味噌汤里的蚬贝，还有果冻和水果，回到了房间。做好饭时是五点半。公司下班后直接赶回来的话，这个点真也差不多快回来了。律子想起忘了买啤酒，又一次去了商业街，怕自己出门的时候真也来了，便没有锁门。

回来一看，真也依然没有来。律子为防止米饭和味噌汤凉了，在上面盖了报纸，等着真也。

六点过后，房间里暗了下来，律子起身打开灯。一瞬间，壁橱上的标本瓶闪闪发光。

"真也小朋友。"

律子将鼻子凑到玻璃瓶的边缘，对着里面说道。胎儿依然是前倾着，保持着合抱的姿势。

"你困了吗？"

律子想在玻璃瓶前面盖上一块布片。

把它找个地方藏起来比较好啊，然后等真也来的时候吓他一跳。

律子带着恶作剧的心情环顾了一圈房间。壁橱一旁是一个衣橱，开扇中还有一个竖长的抽屉。

放到这里就没问题了。

把抽屉里塞得满满的毛巾和袜子取出来之后，律子将标本瓶摁进了里面。内部空间虽然绰绰有余，可是高度却勉勉强强。

"先在这里休息一会儿吧。"

律子再次抚摸了一下玻璃表面，关上了橱门。

电视打开时，正在播放七点新闻。律子感觉有些饿了，午饭只是在医院里简单地吃了点儿。

在加班吗？

不能直接打电话联系，真也一直这么嘱咐。

再等三十分钟看看吧。

律子边看电视边开始喝味噌汤。七点半了，电视开始播放歌曲节目。律子喜欢的男歌手出场了，侧脸时皱眉的神情跟真也一模一样。

八点了，律子终于站了起来，等得疲倦了，感觉有些累。

被骂也没关系啦。

律子拿着十日元硬币站在楼下的红色公用电话前，转动拨号盘，呼叫夜间直通的国外部。不久听到打通了的声音，持续了一会儿之后，听到了一个气喘吁吁的男人的声音。

"请问村冈先生在吗？"

"村冈、村冈是吧？"

"您这边是国外部吗？"

"是的，不过国外部的人都不在了。"

"已经回家了吗？"

"大家应该五点就都回家了啊。"

现在这时候，是不可能加班的。明明对此一清二楚，却傻傻地打电话，律子对自己哑口无言了。

也许是在外面和别人谈工作吧。

律子回到屋里后，拿掉盖在圆桌上的报纸，一个人开始吃起来。

律子面前，剩下一人份的小菜、米饭和筷子，一动未动。虽然觉得饥饿，可或许是因为一个人用餐，不太有食欲。吃完一碗后，律子放下了筷子，然后走到洗碗盆那里，把刚刚用完的碗筷洗了一下。做完这些坐下来时，时间是九点。

律子又看电视了。电视再次播放着新闻。

也许真也不来了。

律子开始这么想是在十点以后。再怎么谈工作时间也太晚了，晚的话就应该打个电话说一声。

不会是在跟那个人见面吧?

律子对未曾见过面的康子的容貌进行了各种各样的想象。名门千金，跟真也确实般配，这一点让她很生气。

"但是，相貌和身材我是不会输给你的。"

律子想起自己进公司第一年就被邀请当模特。那时候，很多年轻员工跟自己大献殷勤，完全不缺一起喝茶吃饭的"男朋友"。可是这一年以来，公司里几乎没有人邀请自己了，也许是不知不觉中和真也交往的事儿传出去了吧。

但是，律子对此并不感觉特别寂寞，不被乱七八糟的庸男打扰反而更加清净。

律子如今不需要其他任何人，只要真也一个人就足够了。曾经那般花天酒地的自己如今变得如此温顺老实，简直不可思议。她也对自己的这种变化不明就里。

"不要只等真也一个人，自己还是再积极玩乐点儿好。"

律子曾经无数次这样告诫自己，可是，律子的身体如同被紧紧捆绑住了一般，完全不肯行动。无论脑袋里想多少遍，身体依然只等着真也。只有真也能满足她。

"因为我和真也前辈之间有孩子了。"

律子像是在向未曾谋面的康子发起挑战一样嘟囔着，走向了卫生间。

下腹部依然有点儿轻微的疼痛，但没到那种无法忍受的程度。从卫生间出来后，律子坐到了房间里的一把摇椅上。这是这个八个榻榻米大的房间里唯一一件与周围不相称的奢侈品。律子拿起放在梳妆台前面的花边针织物。

从手术前两天开始编织，做桌布用的花纹已经织好三个了。

做个婴儿斗篷吧。

律子有这个想法是从卫生间出来以后，又织好了一个花纹的时候。一有此意，律子马上打开了衣橱。拉开抽屉，玻璃瓶乖乖地等在那里。

"真也小朋友，我要给你织斗篷了哈。"

律子自言自语着，拿过卷尺量了量瓶子四周。

"刺眼吗？"

胎儿像是羞于见光一样，用手挡着脸。底部圆周是四十五厘米，到瓶口的高度是二十五厘米。

"只打开盖子，圆圆地包起来就行了呀。"

律子再次把瓶子放回抽屉中，关上橱门，坐到了椅子上。

"要比织桌布多费好多时间呢。"

律子一面在摇椅上摇晃着，一面做了一下测算。仅仅花纹图案，就需要三十个。

"给你做件漂亮衣服穿哈，乖乖等着妈妈做完呀。"

律子一边穿针引线，一边跟宝宝说话。电视的画面在闪来闪去地变化着，律子却视若无睹。

织着花边，律子发现时间已过十二点。因为电视的声音半途停了下来，她这才注意到了时间。

不会来了。

律子一面数着花纹图案的个数，一面想。若是一年以前，即便过了十一二点，真也也会忽然出现，扔掉西装和内衣后，马上来要律子，做完后就那么睡着了。那时候真也的寻求方式跟平时的那种长时间的温柔抚慰不同，十分粗暴。

律子的身体无论在何时，都会忠实地做出反应。只要听到真也的声音，被他的手抚摸一下，就会燃起熊熊烈火。只要和真也在一起，无论多么羞耻的事儿，多么残忍的事儿，都能化作快感。过后想起来，她都不由得脸红了，可两个人在一起的时候，却能毫不介意地做那些事情。

然而，这半年以来，真也再也没有在十一点以后来过，都是六七点钟过来，做爱之后马上就回去了。再也不会像以前那样，两个人躺着，看看电视，聊聊公司的事儿了。

工作变忙了，家里的监视更严了，真也如是解释。因为太烦人了，没办法才去相亲的，他也这般解释了。确实，四月份，真也升任国外部第一科的主任。未来升职高管的康庄大道早已铺好，所以这是理所当然的升职。可是，对于真也的升职，律子却不甚欢喜。不必那么了不起，只要能在一起就行了。

确认时间是十二点十分之后，律子把圆桌搬到一旁，铺上铺盖卷，换上了睡衣。关上电视后，周围忽然安静下来。外面似有轻风吹拂，房檐上挂着的晾衣夹子碰到玻璃，发出轻微的声音。

律子站起身来关上了门，刚要关灯，忽然像想起来什么似的，打开衣橱，拉开抽屉，拽出里面的玻璃瓶。

"晚安，真也小朋友。"

律子跟玻璃瓶里的胎儿打了个招呼之后上床了。对面屋里传来的光线隔着一条小道，直照进这边，将肩头周围映得白白的。汽车的声音如同潮汐一般，一股脑儿地流了过来。

如果真也来了可怎么办？

律子再一次站起身来，打开了门上的锁，这才安下心来合上眼了。

五

回公司上班五天了，律子还是很难见到真也。只有一次在电梯里碰到过，却没能说话，因为周围有很多同事，真也也和部长在一起。

律子像抬头看天花板一样，越过人群的肩头，多次偷偷看真也。可是，真也仿佛完全忘记了她似的，眼往别处看，一个劲儿地聊工作上的事儿。

那之后的三天里，律子继续等待着。无论是在公司里还是在公寓里，一听到电话铃声响，她就竖起了耳朵。可是，真也一次也没打来过。

"爸爸工作忙呢。"

每天晚上回到公寓，一个人吃完饭后，律子就跟玻璃瓶里的胎儿说话。花边编织物已经完成八分了，只要把上面的口锁上就可以了。

手术后的身体恢复得还算顺利，虽然有时候还会有点儿钝痛，不过弯下腰休息五六分钟就好了。

"已经基本没问题了。"第十天，医生诊断完后，一边在病历上写着横向文字，一边说道。

"谢谢您。"

"那事儿也再稍稍忍耐一下。"

"嗯。"律子垂下眼帘。因为真也一直没来,这种担心没有必要。

"还有……"律子刚要起身,医生又道,"胎儿火葬了吗?"

"哎……"

"已经葬了,是吧?"

"是的。"

"必须做好手续啊!虽然是死产,但是也算来这个世界走了一遭啊。"

律子看了看医生的脸。

"因为孩子是无罪的啊。"

"知道了。"

"是我和这个人一起杀掉的。"此时,律子如同惊呆了一样睁得大大的眼睛里,充满了泪水。泪水凝结成一点,从脸颊上流淌下来。

看到她的眼泪,医生安慰道:"下次和你老公好好商量商量,生下来吧。"

"老公……"律子低语道。

无论说多少遍,律子都感觉不到实感。

"老公是真也前辈。"

琉璃棺

律子在脑海里，重复了几遍那个名字，结果非常想见真也了。

一走出医院，初夏的阳光照得律子不敢睁眼。她走在熙来攘往的狭窄的人行道上，目不斜视地大步向前，连车水马龙、人来人往的喧嚣声都没有听到。

想见真也前辈。

如果回到公司，真也也会在，虽然不在同一个房间。可是，律子却无心返回公司，心里想着真也就在附近，工作反而会更加痛苦。

转过拐角，前行一百米左右是地铁口。从那里坐丸之内线，就可以直达公司所在的丸之内了。律子走下了通往地铁的台阶。

打个电话试试？

她想起了真也工作时的样子。似乎有电车到了，从下方涌上来一大群人。律子娇小玲珑的身材很快被淹没在了人流中。

打吧。

想到这里的时候，律子已经站在了台阶上，眼前是一家水果店，那里有红色的公用电话。

电话很快接通了。律子屏住呼吸，将目光投向半空，等待着那边的声音。

"喂喂！"

瞬间，律子闭上了眼睛，毫无疑问那是真也的声音。

"真也前辈。"

"谁？"

"我，律子。"

"什么嘛，是你啊，怎么啦？"

"我刚刚来医院了。"

"是哪里不舒服吗？"

"没有，医生说到今天已经没问题了。"

"是吗？我现在很忙，挂啦。"

"等一下。"

律子紧紧地握住了话筒。

"不要挂。"

"有事吗？"

"为什么不来呢？我每天都在等你啊。"

"知道了。"

"知道了是会来吗？"

"去，去的，挂啦。"

"那，今天晚上吧。今天晚上可以吧？"

"知道了。"

"一定呀，真的啊。"

"好。"

电话就此挂断了。律子看着辉映在大厦玻璃窗上的光线，大大地喘了口气。

真也出现在律子的公寓是在当晚十点。律子倚在摇椅上织着花边。

"坏蛋！"

门一开，真也出现的一瞬间，律子飞奔到了真也的怀里。已经有三个月没有被真也抱了。

"哎哎，怎么了？冷静嘛！"

真也满身酒气。律子抬头一看，那双眼睛布满红血丝。

"说了不行的嘛，上班的时候打来电话！"

"可是……"

真也环顾了一圈房间，在摇椅上坐了下来。

"我不是说过现在是忙的时候吗？"

"对不起。"

原本想一见面就说的抱怨的话，现在却一句都说不出来。律子就像一只温顺的小猫一样，坐在真也的身边。

"你不稍微理解一下我的立场可不好办啊。"

"知道啦。"

"身体已经不要紧了吧？"

"嗯。"

"钱够了吧？"

"多了。"

真也留在医院的信封里装着五万日元，去掉手术费和单间的住院费，还剩下近两万日元。

"还给你。"

"不要。"

"但是，没有零花钱不方便吧？"

"不会。"真也摇头看着窗外，窗户上挂着绿色的花边窗帘，"你用吧。"

"真是不好意思。"

"有喝的吗？"

"有果汁。"

"那就果汁吧。"

"晚饭呢？"

"吃过了。"

律子拔开果汁瓶上的塞子，往杯子里倒满果汁，递给了真也。真也一口气喝光了。

"好累啊。"

"给你铺好被子吧。"

"不用了。"

"医生说那个已经过了一个周了，做也没有关系。"

"什么？"

"那个啊……爱爱。"律子把嘴凑到真也耳旁说道。

真也不高兴地沉默着，忽然像心血来潮一样，拿起了挂在椅子扶手上的花边编织物。

"啊，不行呀。"

"在织什么呢？"

"好东西呢，你知道是什么吗？"律子含笑问道。

"不知道才问的啦。"

"再过两三天告诉你。"

真也有些无趣地站了起来。

"啊，你这是？"

"回去。"

"这么快就……"

"只是过来看看的。"

真也已经在门口穿鞋子了。

"下次什么时候来？"

"今后也许来不了了。"真也突然转过头来，一脸凝重。

"怎么回事儿？"

"我要结婚了。"

"结婚……"

"虽然非常非常讨厌，但是每天晚上都被老爸老妈哭求。"

律子将右手撑在入门的柱子上，直盯着真也。

"其实我心里是想和你结婚的，因为我最喜欢你，但是那是不可能的，没有办法的事儿。"

律子依然在怀疑自己的耳朵，不相信真也所说的是真的，觉得自己似乎是在做一场噩梦。

"我不喜欢那个女人，完全不爱的。"

"那个人……是康子小姐吧。"

"是的……老爸非常中意。我虽然四处逃避，但还是越来越逃不掉了啊。"

"为什么呢？"

"因为都已经订婚了，而且结婚……"真也说到这儿，像是下定决心一样喘了一口气，"就在下周了。"

"下周？"

"下周日啦，所以已经毫无办法了吧。"

"有啊。"

律子低声说道。真也微微退后，盯着律子。

"怎么办？大家都在做准备了啊，无论是我家、她家，还是公司那边。"

"那些都没有关系啦。"

"事到如今没办法阻止了啊，没法胡来的。那种事是不行的啊，已经晚了啊。"

"但是，你还没有结婚啊。"

"已经和结了一样了呀。已经给大家发出邀请函了，场地也已经订好了，已经没有办法了。你要理解呀！"

"拜托了！"律子一屁股坐到入门处的榻榻米上，"逃到我这里来吧。"

"不行啊！那种事情怎么可能发生！我要是做出那样的事儿，老爸老妈就死定了啊！"

"没事呀，还有我呢。"

"不行！不行就是不行！"

"无论如何都？"

"是呀，已经那样定下来了！我也答应了！"

"你爱着那个人是吧？爱着那个叫康子的女人！"律子再次站了起来。

"不是，不是呀，我说过我不喜欢了吧。"

"你一直在对我说谎啊！"

"不是的。我一直想跟你说的，可是没有机会说。"

"不对。"

"真的啊，真的是没有时间。我不会让你吃亏的，钱的话我会想办法的。所以，请你理解吧。"

"明白了！"

"那就说好啦，总而言之我今天先回去了，钱等后面……"真也一边把门打开了一半一边说道，"真的是对不住你了。"

"你走！"

律子喊完这句，就趴在那里哭了。

六

律子连续三天没有去上班。第四天，同事打来了电话。

"无故缺勤让人好担心呢。"

同事肯定知道真也结婚的事儿，却装作不知道。全公司的人都在同情律子，欺骗律子。

"什么时候能来上班呢？"

"不知道啊。"

"那么，我先跟科长说再休息两三天啦。"

琉璃棺

　　离周日还有三天。

　　律子回到房间里，开始织花边了。宝宝用的斗篷已经基本上织完了，只剩下收口处用来系紧的长绳和前面的装饰了。律子越发缓慢地、精心地织着。

　　周五一整天都在下雨。这天，律子依然把自己关在家里，坐在摇椅上织系绳。

　　傍晚，有人敲门。出来一看，是真也的朋友浦野。

　　"这是真也让我拿给你的。"

　　浦野用令人不快的眼神看着似乎刚刚起床、神情慵懒的律子。

　　"那么，确定给你放下了啊。"

　　信封很厚。律子看也没看里面的内容，把它原封不动地放到了壁橱上。

　　周六上午十点，律子慢吞吞地起来了。被窝里横躺着被花纹编织物包着的、她抱了整整一个晚上的胎儿。

　　"可爱的真也小朋友。"

　　律子用两只手捧着胎儿，将脸颊贴向那滑溜溜的黏膜。虽然福尔马林液的气味还在，但是因为一晚上都在被子里，胎儿已经失去了水分，像晒干了一样缩小了，看上去有点儿略略发黑。

"好啦，咱们回家喽。"

律子打开瓶塞，将胎儿放回玻璃瓶后盖上了盖子。胎儿就像在律子腹中时那样，再次呈倒"く"形弯曲着。她把瓶身裹上两层花纹编织物后，将盖子处用带有装饰的系绳收拢起来。

她又从衣橱一旁取出昨天买来的边长三十厘米的正方形木箱，将玻璃瓶塞到了里面，然后关上木盖，用钉子钉好，再用包装纸包好，最后在上面用塑料绳纵横交错地缠成十字状。

用马克笔写上住址和收件人姓名，再一次确认无误后，律子夹着箱子出了门。

邮局在两百米外的拐角那边。律子穿着牛仔裤，任凭乱发被风吹得蓬散，走进了邮局。等前面的两三个人办完事之后，律子将那个箱子递给了负责小包裹的窗口。

"您要寄快递吗？"

"请寄挂号快递吧。"

"里面是什么东西？"

"是玻璃。"

"会不会破碎呢？"

"不要紧的。"

"二丁目十二一三，村冈真也先生，对吧？"邮局职员确认了一下收件人。

232

"是的，什么时候能收到？"

"我想明天上午就到了。"

律子交了钱，收了找回的零头。

"那么就拜托了。"

"好的。"

箱子经工作人员之手放到了邮寄袋里面。

"去爸爸那里，让爸爸好好疼疼你吧。"

律子对着远去的箱子喃喃低语了一句，似乎把一切都放下了，毅然决然地走出了邮局。初夏的阳光辉映着人行道，她向着人如潮涌的十字路口方向跑了起来。

图书在版编目（CIP）数据

琉璃棺 /（日）渡边淳一著；郑世凤译 . -- 青岛：
青岛出版社，2020.8
ISBN 978-7-5552-9210-4

Ⅰ.①琉… Ⅱ.①渡… ②郑… Ⅲ.①短篇小说－小
说集－日本－现代 Ⅳ.① I313.45

中国版本图书馆 CIP 数据核字 (2020) 第 104779 号

简体中文版通过渡边淳一继承人经由 OH INTERNATIONAL 株式会社授权出版

山东省版权局著作权合同登记号 图字：15-2017-237 号

书　　名　琉璃棺
著　　者　[日]渡边淳一
译　　者　郑世凤
出版发行　青岛出版社
社　　址　青岛市海尔路 182 号（266061）
本社网址　http://www.qdpub.com
邮购电话　13335059110 　（0532）68068026
策　　划　刘　咏
责任编辑　杨成舜
特约编辑　初小燕　苟新月　申惠妍
封面设计　苏　涛
封面插图　于三门
照　　排　三河市海新印务有限公司
印　　刷　三河市海新印务有限公司
出版日期　2020年8月第1版　2020年8月第1次印刷
开　　本　32开（880mm×1230mm）
印　　张　7.5
字　　数　129千
印　　数　1-10000
书　　号　ISBN 978-7-5552-9210-4
定　　价　42.00元

编校印装质量、盗版监督服务电话　4006532017　0532-68068638
本书建议陈列类别：日本　当代　畅销　小说